ユニバス
勇者パーティと職場を追放され、無職になってしまった少年。コミュ障だが、精霊には大人気。
ティフォン
風の精霊姫。活発で好奇心旺盛な性格で、ダンスが大好き。ユニバスのことはもっと好き。
イズミ
水の精霊姫。おしとやかで引っ込み思案な性格。男性恐怖症だがユニバスだけは平気で、一途に思っている。
無能と呼ばれた『精霊たらし』
～実は異能で、精霊界では伝説的ヒーローでした～

ホーリードゥーム
勇者パーティの聖女。見た目は敬虔で清らかだが、性格はケンカ上等で好戦的。
ブレイバン
魔王を退け世界を救った勇者。傲慢不遜な性格で、精霊たちを奴隷のように扱う。

無能と呼ばれた『精霊たらし』
～実は異能で、精霊界では伝説的ヒーローでした～

佐藤謙羊

illust by あんべよしろう

contents

第一章 風の精霊姫、俺を溺愛

俺は、『精霊たらし』というスキルを持っていた。

これは、万物に宿る精霊たちとコミュニケーションができ、また彼らと友好的に接することができる能力のことだ。

そのスキルを見初められ、俺は勇者パーティに所属する。

魔王の討伐には精霊王たちの助力が必要不可欠で、その橋渡し役を務めていたんだ。

そして勇者は無事、魔王を退けることに成功。

俺たちは旅立ちの地である、フーリッシュ王国へと凱旋《がいせん》を果たすことになる。

しかしその王都の入口で、俺は勇者をはじめとする仲間たちにこんなことを言われた。

「おいユニバス、お前は凱旋パレードから外れてくれ」と勇者。

「だってお前、キモいから」と戦士。

「普段はまったくしゃべらないクセして、物とか動物に対してはやたらとおしゃべりになるのがキモいって言ってんの」と魔導女。

「ずっとドン引きだったの、わかりませんでしたかぁ？」と聖女。

俺は「そ、そんな……」と言い返すのに精いっぱい。

それがまた、彼らを苛立《いらだ》たせたようだ。

「ほぉら、そうやってお前、口ごもるじゃん」

「なのに人間以外と話してるときはスラスラしゃべってるからドン引きだよ」

「どーせ、あーしらと話すのが嫌だったんっしょ」

「きっと、心の中で私たちのことを見くびっていたのでしょうね」

完全な言いがかりだった。

俺は笑われるのを覚悟で、一生懸命言葉を紡ぐ。

「お、おおっ、俺は、ひひっ、人と話すのが苦手で……。で、でもっ、ちゃんと役割は果たしてたじゃないか……。そそっ、それなのに、今になって仲間はずれだなんて……」

しかしその思いも通じず、仲間たちはどっと笑う。

「ぎゃははははは！　『おおっ、俺は』だってよ！　っていうかお前、たいしたことしてねーだろ！」

「そ、そんな……！　みっ、みんなが乗った『魔導馬』だって、この俺が整備を……！」

魔導馬というのは『魔導装置』の一種で、魔力で動くカラクリ仕掛けの馬のこと。

生身の馬よりもずっと速く、険しい山や水の中も走ることができ、疲れを知らない。

魔王討伐の過酷な旅において脚代わりになるだけでなく、幾度となくピンチを救ってくれた俺たちの仲間だ。

しかし勇者たちはそう思ってはいなかった。

「なにが整備だ！　魔導装置なんてのはなぁ、こーやって蹴っ飛ばせば直るんだよ！」


……ガンッ！

勇者は隣に待機させている魔導馬を蹴り上げる。

魔導馬は無反応だが、俺はその内に宿る精霊たちの悲鳴をたしかに聞いた。

「ややや、やめろっ！　痛がってるじゃないか！」

しかし、仲間たちはこぞって魔導馬を足蹴にする。

「金属のカタマリが『痛がってる』だってよ！　バカじゃねぇの、コイツ！」

「おらおら、やめてほしかったら普通にしゃべってみろよ、この口ごもり野郎がっ！」

「ちょっとぉ、触るんじゃねぇーよ、この口ごもり野郎っ！」

「あなたのような下賤《げせん》の者が、ゆくゆくは聖皇となる私に触れていいと思っているのですか!?」


……ドムッ！


俺は聖女から股間を蹴り上げられ、その激痛のあまり膝から崩れ落ちる。

それでも勇者たちの脚を摑《つか》んで、魔導馬への暴行をやめさせようとしたが、ヤツらは俺にターゲットを移して足蹴にしてきた。

「金属のカタマリを蹴るよりも、こっちのほうがずっと面白ぇや！」

「おらおらおら、泣け！　喚《わめ》け！」

「そうだ！　コイツってさぁ、悲鳴も口ごもるのかなぁ？」

「なら、試してみましょうか、せぇーのっ！」

……ドムゥウウウ────────────ッ!!

厚底ブーツのストンピングが股間にめり込み、俺は意識を失う。

気がつくと凱旋パレードは終わっていて、俺は誰もいない門の片隅に、粗大ゴミのように置き去りにされていた。

勇者パーティはみな、王国の要職につくこととなる。

戦士は大将軍となり、魔導女は大賢者となり、聖女は大聖教となった。

勇者は次期国王として、王女との婚約を果たす。

そして俺はというと、魔導装置の整備係として王国で働いていた。

なんの名誉も地位もない、一介の作業員として。

それでも魔導装置の整備というのは、いちおう宮廷魔術師の一種である。

しかし、派手な攻撃魔術や奇跡のような力で華々しく活躍する、本職の魔術師たちとは違って底辺の扱い。

でも俺にとっては『精霊たらし』のスキルが使えるので、居心地のいい場所だった。

俺は新しい魔導装置の開発や、従来の魔導装置の整備を積極的に行い、自分なりに王国の未来を担う一員として貢献した。

……つもりだったのだが、ある日、上司に呼び出され、

「お前、クビ」

「え……ええっ、どどっ、どうして……？」

「だって気持ち悪《わり》ぃんだもん。魔導装置の整備っつったら普通は工具でやるもんだろ？　それなのにお前ってば、生き物みたいに装置に話しかけてんだもん」

「ででっ、でも、ままっ、魔導装置のこしょ、故障は……」

魔導装置の故障は機械的なものではなく、精霊の不調がほとんどだと俺は訴えたかった。

でも最後まで言い終えることはできず、途中で遮られてしまう。

「お前さぁ、いつも小声でボソボソしゃべってて、なに言ってんだかぜんぜんわかんねーんだよ。それにさぁ、まわりの職員から苦情が来てんだよね。挨拶もロクにしねぇくせして、魔導装置にはめちゃくちゃフレンドリーだって」

俺が挨拶をしなくなったのは、挨拶したときの口ごもりを笑われるようになったからだ。

「それとさぁ、お前、作った魔導装置に自分の名前を入れてただろ、『ユニバス』って。アレ、納品されるたびに俺が消してたんだよね。うちの部署で作った装置で、良くできてたヤツは俺が作ってたってことにしてたから」

「え……」

俺はもう、頭の中が真っ白になっていて、なんの言葉も出てこなくなっていた。

「お前はたしかにいい腕してたよ、お前の作った魔導装置は、どれもみんな大好評だったしな。中には他の部署でも量産されて、王国じゅうに配備されたものもあるくらいだ。その評価をずっと横

取りしたおかげで、俺はついに魔導装置の大臣に出世できたんだよね！　口ごもり野郎だから放っといてもチクられることはないと思うけど、念には念を入れとこうと思ってさ！」

上司は……いや、ヤツはおどけた顔で俺に手刀を切る。

「ごっつぁんっす、ユニバスくん！　そしておつかれっす、ユニバスくんっ！　それじゃ、元気でねーっ！」

勇者パーティどころか、宮廷魔術師までクビになってしまった俺。

その数日後には住んでいた寮も追い出されてしまい、あてもなく城下町をさまよっていた。

俺は人前では緊張してしまい、自分の名前すらまともに言えない。

そんなヤツを雇ってくれるところなど、どこにもありはしなかった。

「今日はせっかくの祭りだってのに、お前みたいな気持ち悪いヤツにいられたら台無しだ！　さっさと出ていけ！　しっしっ」

どこに行っても野良犬のように追い払われる始末。

明日から、どうやって生きていけばいいんだろう。

絶望にくれる俺とは裏腹に、街はどこも賑《にぎ》やかだった。

今日は、勇者と風の精霊姫が契りを結ぶ『精婚式《せいこんしき》』の式典があるらしい。

『精婚式』というのは、人間と精霊の結婚式のようなものだが、両者の立場は対等ではない。

位の高い人間に対し、精霊が忠誠を誓うという、隷属の儀式のようなもの。

俺は人の名前を覚えるのが苦手なので、勇者の名前はもうあやふやだけど、精霊の名前だけは忘れない。

風の精霊姫の名前も、今でもはっきり覚えている。

俺はかつて世話になったお姫様の晴れ姿をひと目見ようと、式典が行われているという丘に行ってみることにした。

美しい彼女の姿を見れば、いくぶん気分も晴れると思ったからだ。

でも人混みは苦手なので、フードを深く被ってから歩き出す。

丘は城下町の中央に位置する、大きな公園にあった。

周囲は人でごったがえしていたが、式典の行われている丘はかなりの高さがあったので、遠くからでもなんとか頂上のステージが見える。

丘の麓から頂上付近は立入禁止になっていて、この日のためであろう、色とりどりの花が咲き乱れていた。

頂上のステージには国王をはじめとする王族関係者たちと、正装の勇者と、ウエディングドレス姿の精霊姫が。

人間の結婚式と同様に仲介人は聖女で、魔導マイクを使って周囲に響き渡る声で進行を行っていた。

『それでは風の精霊姫、ティフォンよ、この世界を救いし偉大なる勇者に跪《ひざまず》き、永遠の忠誠を誓うのです。そうすれば風の精霊たちは、人間の寵愛《ちょうあい》を与えられ、末永く発展できることでしょう』

聖女はそう述べているが、俺はそうは思わなかった。

人間のほうが精霊より偉いだなんて考えはバカげてる。

むしろ人間は、精霊に感謝しなくちゃいけない立場なのに……。

それでも『善良な精霊』たちは、人の役に立つことをなによりの喜びとしている。

彼らにとって人間に忠誠を誓えるというのは、大変名誉なことでもあるらしい。

しかも、相手がこの世界を救った勇者とあらば、精霊からすれば世界最高の栄誉といってもいいだろう。

最高の晴れ舞台だというのに、ステージにいるティフォンは浮かない顔だった。

勇者の前で膝を折ろうかどうしようか、最後まで迷っているようだった。

俺のまわりにいた観衆たちが、口々に言う。

「どうやらティフォン様は、かなり緊張されているようだぞ！」

「そりゃそうだろう！　なんたって勇者様のものになれるんだからな！」

「勇者様に見初められたら、人間の女の子だって天にも昇る気持ちになるんだから、当然よぉ！」

「そのうち感極まって泣き出すんじゃないか⁉」

「がんばれー！」と方々から声援が飛び交う。

ティフォンは向き合っていた勇者から視線を外し、下々の者に手を振り返していた。

華やかなウエディングドレスに包まれた彼女は、息を呑《の》むほどに美しい。

しかし表情は真逆で、この世の終わりのように沈んでいた。

ふとその視線が、ある場所で留まる。

ティフォンは幽霊でも見たかのようなギョッとした表情になって、もっとよく見ようとしているのか、ステージから落っこちんばかりに前のめりになっていた。

それはちょうど、俺がいる方角と、ピッタリ一致。

彼女は俺のことなんて覚えてないだろうけど、せっかくだからと彼女に手を振ってみる。

次の瞬間、俺は信じられない光景を目撃した。

ティフォンはステージからダイブすると、突風を巻き起こしながら急降下。


……どばひゅぅぅぅぅぅぅぅぅぅぅぅ――――――――んっ!!


丘の花々を吹き飛ばし、舞い散る花びらの中、まるで獲物を見つけた鷹《たか》みたいな速さで飛んできたんだ。

超低空飛行で、麓にいた観客たちを、風圧でドミノのようになぎ倒しながら。

……いったい、誰の元へ向かっているんだ!?

「ゆっ……ユニバスくぅぅぅぅぅぅぅぅ――――――んっ!!」

「おっ……俺ぇぇぇぇぇぇぇぇぇぇぇ――――――っ!?!?」

ふたつのドップラー絶叫が交錯した瞬間、俺の目の前には天使がいた。

翼のない天使は、真珠のような涙を振りまきながら、両手を広げ……。


……がしぃぃぃぃぃぃぃぃぃぃぃ――――――――んっ!!


まるで、めり込んでひとつになるほどの勢いで、俺を抱きしめたっ……!

勢いあまったティフォンは、俺を軸にしてグルングルン回転。

あたりにビュォォォォォォ! と竜巻を起こしはじめる。

周囲の観客たちの啞然《あぜん》とする顔が、走馬灯のように巡る中で、彼女は言った。

「ユニバスくん、死んだんじゃなかったの⁉」

「死んだ⁉　そんなわけあるかよっ！」

俺は驚きの連続に我を忘れそうになっていたけど、相手が精霊だと淀《よど》みなく言葉が出てくる。

「ユニバスくんが死んだって聞いたから、わたしは勇者と契りを交わそうとしてたんだよ！　ユニバスくんがいるんだったら、あんなヤツと契るなんて、絶対にイヤっ！」

「なんでっ⁉」

話がよく見えないが、勇者のヤツが、俺が死んだと偽っていたことだけは理解できた。

ティフォンはハッとした様子で周囲を見渡す。

巻き起こしていた風を収めると、俺の手をしっかりと取った。

「詳しい話はあとあとっ！　今はここから逃げましょっ！」

「なんでっ⁉」

「いーから早くっ！」

ティフォンは俺の手を引き、ウエディングドレスの裾をなびかせ走り出す。

後ろからは、多くの兵士たちが追いかけてきていた。

なにがなんだかわからなかったが、これだけはたしかなんじゃないかと、俺は思う。

結婚式から連れ去らわれるのって、普通は花嫁だろう⁉

しかも、ただの観客の俺が、なんで花嫁に連れ去られなくちゃいけないんだっ……⁉

俺はティフォンに引っ張られ、公園の外に出ていた。

外の大通りには、白い魔導馬が牽引《けんいん》する馬車が停《と》まっている。

どうやら『精婚式』のあとで、ハネムーンに出発するための馬車なのだろう。

やたらと豪華に飾られていて、『勇者ブレイバンと下僕《げぼく》たちの愛の馬車』なんて看板が掲げられている。

ティフォンはその馬車の御者席に、迷わず俺をひきずり込むと、手綱を打ち鳴らした。

魔導馬はいななきもせずに走り出す。

どうやら、声帯装置が切られているようだ。

鳴くこともできなくさせられるなんて、かわいそうに……と思いながら馬体を見て、俺は目を剝《む》いた。

「と……トランスじゃないか！」

馬車は大通り沿いに街中を疾走。

手綱を操りながら、ティフォンが叫ぶ。

「なあに⁉　この魔導馬くん、ユニバスくんの知り合い⁉」

「知り合いもなにも、俺が最初に作った魔導馬だよ！　魔王討伐の旅に、最後までついてきてくれたんだ！」

「そうなの⁉　でもそこに、違う人っぽい名前が書いてあるけど⁉」

見ると、トランスのお尻のところには、かつての俺の上司で、今は大臣である『ゴーツアン作』の焼印があった。

あの野郎っ……！

勇者討伐に同行した魔導馬まで、自分の手柄にしてやがったのか……！

今更ながらに怒りがこみ上げてくる。

俺はトランスのお尻を撫《な》でながら語りかけた。

「待ってろ、トランス！　安全なところに行ったら修理してやるからな！　その焼印も消してやるっ！」

しかし背後から、おびただしい数の戦闘馬車たちが追いすがる。

相手はひとり乗り用の馬車で軽量なので、ぐんぐん距離を詰めてきていた。

「ああん、これじゃ追いつかれちゃうよ！　トランスくん！　もっと速く走ってよぉ！」

半泣きで手綱を打ち鳴らすティフォン。

俺は不審に思う。

トランスは俺が作った魔導馬の中で、現在でも最高スペックを誇る駿馬《しゅんば》だ。

たとえ重い馬車を牽引しているとはいえ、あんな量産型の魔導馬に追いつかれるわけがない。

だってトランスはかつて、勇者パーティが乗った馬車を引いたまま、伝説の聖獣サンダーバードをブッちぎったことがあるくらいだ。

俺はティフォンの、風になびく長い耳を見てハッとなる。

「あっ、そうか！　ティフォン、俺とかわれ！」

「えっ、どうして⁉」

「キミは風の精霊だろう！　トランスは今、地の精霊たちの力によって動いてるんだ！」

精霊というのはこの世界に数多く存在するが、その基本となるのは四つの区分、合計で八種類の属性から成り立っている。

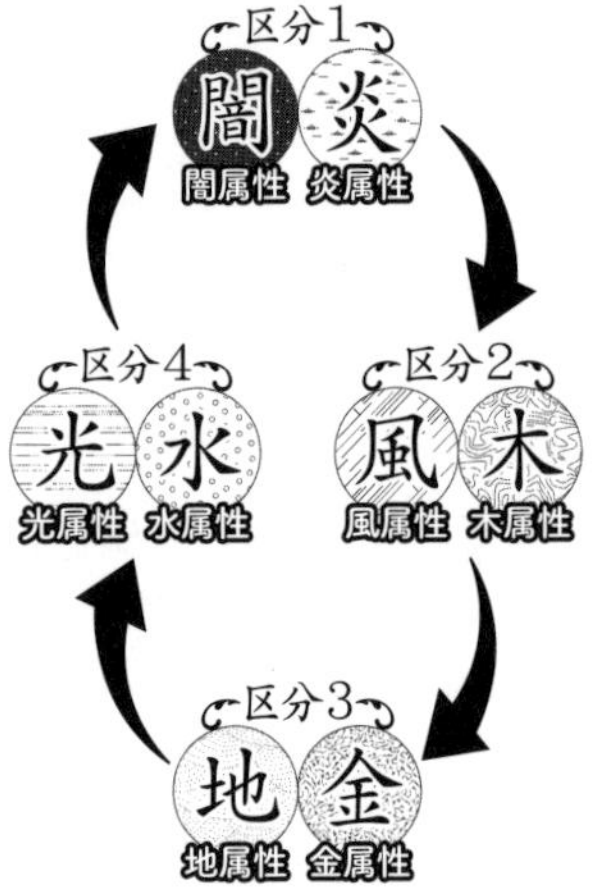

これらは『属性相克』といって、ジャンケンのように、他の区分の属性と食い合う関係にあるんだ。
今トランスを動かしているのは、区分3の地属性で、区分2の風属性を苦手とする。
風の精霊であるティフォンに臆してしまっていて、本来の力が発揮できずにいるんだ。
ティフォンもそのことを理解したのか、俺たちの馬車に飛び移ろうとした兵士を風で吹き飛ばしたあと、俺に手綱をゆだねてきた。

「お願い、ユニバスくん！」

「わかった！　でも俺には、手綱なんか必要ないっ！」

「ええっ⁉　手綱ナシでどうやって馬を……⁉　きゃあああっ⁉」

俺は答えるかわりに御者席からダイブし、トランスの背中に飛び移る。

トランスの首にガシッと抱きつき、頭を撫でた。

「よしトランス、そして地の精霊たちよ、俺の言うとおりに動いてくれっ！」

そしてトランスの首に耳を当てる。

中から、地の精霊たちの声が聴こえてきた。

『こ、この声は……！』

『ユニバスだ！　ユニバスの旦那だっ！』

『ユニバスの旦那が、俺たちのところに戻ってきてくれたんだ！』

『あのクソみたいな勇者に跨《また》がられるのは、もうウンザリだったんだ！』

『よぉーし野郎ども、ユニバスの旦那にいいところを見せようぜっ！』

『おおーっ！』

俺だけに聴こえる鬨《とき》の声が響き渡ったとたん、

……どばひゅうううううううううう――――――――んっ‼

トランスはまるで飛ぶような速さに加速する。

御者席にいたティフォンはのけぞっていた。

「はっ⁉　はやぁぁぁぁぁぁぁぁ――――――――いっ⁉⁉」

ちょうど十字路の角から、先回りした戦闘馬車たちが道を塞ごうとしていた。

その、針の穴のような隙間に突っ込む。


……どがっしゃぁぁぁぁぁぁぁぁぁぁ――――――――んっ‼


魔導馬車たちは次々と横転し、兵士たちは「うぎゃー⁉」と悲鳴とともに吹っ飛んでいく。

ティフォンはもうスピードにも慣れてきたのか、この状況を楽しんでいるようだった。

「つ、つよぉぉぉぉぉぉぉぉぉ――――――――いっ⁉⁉

いけいけトランスくん！　やっちゃえユニバスくんっ‼」

両手も両足もバタバタさせて、大はしゃぎのティフォン。

そのはずみで、御者席にあった謎のボタンを叩《たた》いてしまう。

すると、牽引していた馬車の屋根にあるエントツから、ばしゅっと紙吹雪が噴出し、花びらのようにあたりに舞い散る。

さらに後部からは、チェーンに繋《つな》がれた大量の空き缶が飛び出してきて、地面に引きずられてガランガランと大きな音をたてた。

さらに馬車からは、結婚式のときによく流れる曲が大音響で鳴り渡りはじめる。

俺たちは爆走していてただでさえ目立つというのに、とうとう通りじゅう、いや街じゅうの注目を集めてしまった。

誰もが俺たちを指さして叫んでいる。

「おっ⁉ 勇者様と精霊姫様とのパレードが来たぞ！」

「でも、予定よりだいぶ早くないか⁉ それにすごいスピードだぞ⁉」

「あれ？ 乗ってる花嫁はたしかにティフォン様だけど、花婿のほうは勇者様じゃないぞ⁉」

「み、見ろよ、あれっ！ 勇者様の馬車じゃないみたいだぞ⁉」

「えっ……えぇぇぇぇぇぇぇぇぇぇぇぇぇ――――――――っ⁉⁉」

高速で通り過ぎていく絶叫で、俺はようやく気づいた。

馬車の側面にデカデカと書かれていた看板の文字が、大きく変わっていることに。

『ユニバスと下僕《しもべ》たちの愛の馬車』

気づくと、トランスの中にいたはずの地の精霊たちが、いつの間にか看板の文字にへばりついていて……。

俺に向かって、グッとサムズアップしていた。

◆

ところ変わって、精婚式の式典会場。

華やかだった会場は、逃げ出した精霊姫が暴れたせいで、メチャクチャになっていた。

花婿である勇者ブレイバンは、しばらくの間なにが起こったのか理解できず、茫然《ぼうぜん》自失の極地に佇《たたず》んでいる。

しかしやがて、怒りという名のマグマがこみ上げてきた火山のように真っ赤になり、ドカンと大爆発。

「ぶっ、無礼者がぁぁぁぁぁぁ――――――っ!! おいっ、者ども！ すぐに非常線を張れ！ ユニバスとメス霊、二匹とも捕まえるのだっ!!」

その命令は、貴賓席に座っていた自国の大臣たちに向けてのものだったが、真っ先に反応したのは別のメンツであった。

「ブレイバン様！ 今、なんとおっしゃいました!?」

「たしか、『メス霊』、そして『二匹』と……！」

「我らが姫をそのように呼ぶなどとは、いくら勇者様でも許しませんぞ！」

血相を変えて詰め寄ってきたのは、精霊姫ティフォンの国の大臣たちである。

ブレイバンはつい素が出てしまったと、チッと舌打ちする。

「ぶ、無礼者！ そんなことは今はどうでもよいであろう！ ユニバスを捕まえるのが、なによりも先決……！」

そして今更ながらに口が滑っていたことを知り、ハッと口を押さえた。

「今、ユニバスとおっしゃいましたな!?」

「ユニバスさんはお亡くなりになったのではなかったのですか!?」

大臣たちから責めるような口調で問われ、「そ……そんなこと言ったかぁ？」とトボけるブレイバン。

大臣たちは不審そうに顔を見合わせていたが、そのひとりがあることに気づく。

「そ……そうか！　ティフォン様が突然、式典を飛び出した理由がわかったぞ！　観衆の中に、ユニバスさんを見つけられたからだ！」

「なんと、ユニバスさんは生きておられるのか⁉」

話がそっちに行ってはマズいと、ブレイバンは慌ててごまかす。

「ぶ、無礼者！　勘違いするな！　俺様がユニバスと言ったのは、アレだアレ！　え……えーっと、人間の世界じゃ、変態のことを『ユニバス』と呼ぶようになったのだ！　もちろん語源はあの『ユニバス』だ！　キモいアイツにはピッタリであろう⁉　あははっ！」

瞬間、精霊の大臣たちは親を殺された子のように豹変《ひょうへん》した。

「ゆ……ユニバスさんのことを、キモいですとぉ⁉　我らの友人であるユニバスさんに、なんたる無礼な！」

「いいですか、ブレイバン様！　ティフォン様はそもそも、ユニバスさんの遺言があったからこそ、あなた様との精婚を決意されたんですぞ！　それが、お亡くなりになられたユニバスさんの恩に報いる、ただひとつの方法だと信じて！」

ブレイバンは、今回の魔王討伐の手柄をタテに、精霊たちの国八ヶ国の姫たちとの精婚を目論んでいた。

今まで人間を隔絶してきた、精霊たちの国を支配できれば、世界を我が物にしたも同然となるからだ。

勇者ブランドを持ち、しかもプレイボーイであるブレイバン。

人間の女王ですら思いのままだったので、精霊のお姫様などチョロいと思っていた。

彼は魔王討伐の旅の途中、各国に立ち寄ったついでに姫たちを口説きにかかる。

しかしその反応は、思いも寄らぬものであった。

「人間の殿方には興味がありません。ただ、ひとりをのぞいて……」

姫たちの視線は、そのとき同行していた下働きのユニバスに釘《くぎ》付け。

勇者の姿など、視界の片隅にも入れていなかった。

それはブレイバンにとって、初めての失恋にして敗北。

しかもよりによって、男としてずっとずっと格下のユニバスに負けてしまったのだ。

プライドを傷付けられたブレイバンは、魔王討伐のあとにユニバスを追放し、その死をでっちあげる。

「ユニバスは魔王との戦いのあと、滑って転んでスライムのカドに頭をぶつけて死んだ！　ヤツは最後に、俺様にこう言ったのだ！　精霊姫たちと、精婚してやってほしい、と……！　人間たちの代表となる俺様に、精霊たちも服従するようになれば、真の世界平和が訪れる、と……！　ヤツはどうしようもない無礼者であったが、俺様は器が大きいので、死者の頼みをむげにはせん！　よって、俺様はここに宣言する！　八ヶ国の精霊姫たちとの精婚を！」

この鶴の一声で、事はトントン拍子に進む。

「ユニバスの遺志ならば」と、精霊王や姫たちは開国を決意したのだ。

そしてあと一歩、あと一歩であったのに……。

今日の精婚式において、ティフォンが跪いてさえいれば、すべてが手に入っていたところだったのに……。

最後の最後で、よりにもよってユニバスに邪魔されてしまった。

しかも大衆の面前で、花嫁に逃げられてしまうという、男として最大級の屈辱で……！

ティフォンの臣下である大臣たちは、逃げた花嫁になんの呵責《かしゃく》も感じていない。

それどころか花婿であるブレイバンに懐疑的、それどころか批判的な目すら向けはじめていた。

「これから私ども精霊サイドも、事実関係の調査に入りたいと思います。もはや人間の情報は信じられない。特に、あなたのようなお方の言うことは」

「もしユニバスさんが本当に生きておられたのであれば、私たちはブレイバン殿を許しませんぞ」

「真実が明らかになるまで、このあとに控えていた他の精霊姫との精婚式は延期していただきたい」

「もっともブレイバン殿が言い出さなくても、向こうから言ってくるでしょうがな」

来週以降には、残り七ヶ国の姫との精婚式の予定があったのだが……。

精霊大臣たちの予想どおり、ブレイバンの元には次々とキャンセルの連絡が舞い込んでいた。

しかも姫が直々にやってきてお詫《わ》びするどころか、一方的に手紙で伝えるだけという塩対応っぷり。

ブレイバンは七通の手紙を引き裂きながら、ひとり大暴れしていた。

「無礼無礼無礼無礼っ！　無礼者がぁぁぁぁぁぁぁ――――っ!!　いっ、今に見ていろぉ、ユニバス！　そして八匹のメス霊どもぉ!!　みんなまとめて、俺様の足元で命乞いをさせてやるからなぁぁぁぁぁぁ――――っ!!」


追っ手の戦闘馬車たちを振り切り、フーリッシュ王国の城下町から脱出に成功した俺たち。

人里離れた山奥まで逃げ込んで、ようやく馬車を停めた。

俺は、ここまで届けてくれたトランスと、その原動力となってくれた地の精霊たちをねぎらう。

トランスは、俺がユニコーンをモチーフにしてデザインした魔導馬だ。

外装の手入れだけはちゃんとされていたようで、エナメルホワイトに輝いている。

地の精霊たちは、大きさこそ手のひらサイズだが、老け顔で恰幅《かっぷく》がいい。

まるで小さなドワーフのような見た目をしていて、おとぎ話に出てくるトナカイみたいに鼻が赤くて愛らしい。

ちなみにではあるが、精霊は姿形の種類が豊富で、ティフォンのような人間の女の子に近い姿をした者から、小人のような姿をした者までさまざま。

地の精霊たちはトランスの背中の上に整列して、俺との再会をとても喜んでくれた。

「久しぶりだなぁ、ユニバスの旦那！」

「死んだって聞かされてたんだが、ありゃウソだったんだな！」

「でも生きててよかった、生きててよかったよぉ！」

とうとう男泣きまで始める精霊たちを、俺は順番に撫でてやった。

精霊は頭を撫でられるのをとても喜ぶ。

気がつくと、列の最後尾にはティフォンが待ち構えていて、「わくわく」と顔に書いてありそうな表情をしていた。

ティフォンは風の精霊の国『ウインウィーン』のお姫様。

精霊の国は普段は人間を寄せ付けないのだが、魔王討伐の際に例外的に入国を許可してもらい、その関係で知り合ったんだ。

風の精霊というのは美形が多いのだが、その中でも彼女はとびっきりといっていい。

風のように流れるライトゴールドのロングヘア、透き通るような肌にくりくりの大きな瞳。

そして忘れちゃいけないのが、翼のように横に飛び出た長い耳。

風の精霊は人間と見分けがつかない見た目なんだけど、耳だけは大きく違うんだ。

ティフォンの頭を撫でてやると、彼女は幸せそうに目を細め、その耳をぴこぴこと上下に動かしはじめた。

「ふわぁ……。やっぱり、ユニバスくんのナデナデがいちばんだぁ……」

もっと撫でてと言わんばかりに、俺の手にグリグリと頭を擦《こす》り付けてくるティフォン。

俺は今更ながらに問う。

「しかし、逃げてよかったのか?」

するとティフォンは、水を差されたフグみたいにムゥと頬を膨らませた。

「いいに決まってるでしょ! あと少しでわたしは変なのと契るところだったんだから! それにわたし、ユニバスくんが死んだって聞いてから、ずーっと落ち込んでたんだからね!」

「なんで?」

「なんでって、当たり前でしょう!? だって……その……」

ティフォンは急にモジモジして、人さし指どうしをツンツンしだした。

しばらく言葉を選んでいたようだったが、やがて消え入るような声で、

「ゆっ……ユニバスくんのことが……すすっ、好き、だから……」

「なんだ、そんなことか、俺も好きだよ」

次の瞬間、ティフォンの顔がボンと発火する。

隣で見ていた地の精霊たちが不服そうな顔をしていたので、俺はつけ加えた。

「もちろんみんなのことも同じくらい好きだよ」

地の精霊たちは「うおーっ！」と喜んでくれる。

しかしティフォンは、

「こっ、この小悪魔めぇーっ！　でも、生きててくれてありがとーっ！」

とよくわからないことを叫びながら、俺の胸をポカポカ叩いていた。

俺は赤ら顔のティフォンを撫でて落ち着かせる。

「逃げたのはもうしょうがないとして、ティフォンはこれからどうするつもりなんだ？」

するとティフォンは目をぱちくりさせた。

「『ティフォンは』って……。ユニバスくんは、なにかすることがあるの？」

「ああ、トランスを元通りにしてやるつもりだ。俺が作ったときからいろいろいじられてて、酷《ひど》いことになってるからな。中の装置を修理しつつ、外の焼印を消せる場所に行かないと」

「ふぅん……。焼印ってどこで消せるの？」

「トランスの焼印はかなり強力な火の精霊によって付けられたものだから、それ相応の水の精霊の力が必要となる。水の精霊の国『コンコントワレ』まで行く必要がありそうだな」

「コンコントワレかぁ……。じゃあ、わたしも行く！」

「えっ？　キミは国に戻らないと駄目なんじゃないのか？　風の精霊王が心配して……」

「いーのいーの！　わたしたち風の精霊はいろんなところを飛んでるから、わたしが元気にしてるってすぐに伝わるよ！　だから一緒に行ってもいいでしょ⁉　ねっ、お願い！」

「ダメって言っても、空を飛んでついてくるんだろ？」

「えへへ、わかった？　じゃあオッケーってことで！　きーまりっ！　あなたたちも、文句はないわよねぇ⁉」

ティフォンにずいと迫られ、地の精霊たちはあとずさる。

地属性は風属性に弱いので、「は、はひぃ」と裏返った声で返事をしていた。

俺は念のため、彼女に釘を刺しておく。

「ティフォンはやさしい子だから大丈夫だと思うけど、他の精霊たちとは仲良くしてくれよ。それが同行の条件だ」

「わかってるって！　小人さんたち、仲良くしましょうね！　それじゃ、しゅっぱーつ！」

「待て待て。その前に、その格好をなんとかしないと」

「えっ？」

「さすがにウエディングドレスじゃ目立ちすぎるだろ。なにか、別の服を……」

「あっ、それなら大丈夫！　ちょっと待ってて！」

ティフォンはドレスの裾を翻し、馬車に向かって飛び込んでいった。

しばらくドタバタと暴れるような音がしたかと思うと、

「じゃーん！　どう、これ⁉」

妖精の羽根のようなマントに、リボンの付いたワンピースと胸当てというでたちで、ピョコンと飛び出してくる。

足元から巻き起こった風にミニスカートをふわりとさせ、元気の源のような太ももを露《あら》わにしながら。

そして彼女は、なぜか緊張しているようだった。まるでお色直しをお披露目する花嫁のように。

お腹のあたりで手を組み、手首の腕輪をしきりに触っている。

あのバングル、まだしていたのか……。

ティフォンはもじもじした様子で「どぉ？」と上目遣いで尋ねてきたので、「うん、すごく似合ってるよ」と返す。

すると彼女は、ほころんだ花が恥じらうような微笑《ほほえ》みを浮かべた。

「えへへ……。わたし、お洋服を着るのはこれが初めてなの。『はじめてのお洋服』を、ユニバスくんに見てもらえて嬉《うれ》しいな」

「そっか、ティフォンはドレスが普段着だったんだな」

「うん！　だからこの旅で、いろんな服を着てるわたしを見てほしいの！」

ということは、馬車の中には結構な荷物が詰まっているのだろう。

いったいなにがあるのだろうと気になったので、ちょっと中を覗《のぞ》いてみることにした。

魔導馬車はかなり高度な魔法練成がなされていて、室内は外見よりもずっと広い。

台所や居間だけでなく、ベッドルームやバスルームまで完備。

ティフォンの話によると、勇者はこの馬車でフーリッシュ王国の主要都市を巡り、各地で『精婚式』を行う予定だったそうだ。

そして最後は八人の精霊姫たちとともに、新婚旅行に出掛ける流れになっていたらしい。

そのためか、馬車の設備の中でもウォークインクローゼットは特に広々としていて、まるで世界中の衣料品を集めたかのような品揃《しなぞろ》えだった。

「せっかくだから、ユニバスくんも着替えたら？」

とティフォンに言われたが、男物の服はどれも派手で、まるで歌劇舞台の主役が着るみたいなラメラメのしかなかった。

完全に勇者の服装の趣味だったので、俺は一張羅の作業着のままでいることにする。

内装を確認し終えたあとは、俺は外装に手を入れることにした。

今のままでは派手すぎて、どこを走っていても目立ってしまうからな。

といっても改造するだけの時間もないので、とりあえず木材かなにかでまわりを覆うことにしよう。

俺がそう言うと、ティフォンはキョトンとした。

「木材なんて馬車の中にはないよ？」

「まわりにいっぱいあるじゃないか」

俺たちは今、山の中にいるので、まわりは木だらけだ。

「ああ、木の精霊さんに分けてもらうんだね！　そういうことなら、わたしに任せて！　風の精霊と木の精霊は仲良しなんだから！」

ティフォンは得意気に胸を張るなり、馬車の中から大きな斧《おの》を担ぎ出してくる。

そして、道から少しはずれたところにある森めがけ、「そりゃー！」と雄叫びをあげながら走っていった。

門番のように立っている木に、身振り手振りで話しかけている。

しかししばらくして、ガックリと肩を落とし、斧を引きずりながら戻ってきた。

「痛いから嫌だって……」

まぁ、無理もないか。

木の精霊に木材を要求するのは、人間に例えるなら肉や骨をよこせと言っているも同然だからな。

「ちょっと、俺が交渉してみよう」

「えっ？　精霊のわたしが頼んでもダメだったんだよ？」

「まぁ、ダメ元ってことで」

俺は、さっきティフォンが話しかけていた木に近づいて挨拶する。

「やぁ」

すると、枝がビクッと震えた。

「あなたはもしかして、ユニバスさん……？」

「なんだ、俺のことを知ってるのか？」

「この国で、あなたのことを知らない木の精霊はいないよ！　なんたって僕たちは、地脈で繋がってるんだからね！　いやぁ、会えて嬉しいよ！」

木の精霊は、広げた両手のような枝をぶんぶん振って喜んでいる。

なかなか好感触のようなので、俺は前置きをすっ飛ばして用件に入った。

「いきなりで悪いんだが、木材を分けてもらえないかな？　なるべく痛くないように切るから」

「すごい！　噂《うわさ》どおりだ！　ほとんどの人間は、僕らに断りもなく切り倒すのに！」

普通の人間は、相手がティフォンのような高位の精霊でもなければ、姿を見ることができない。

それどころか、精霊の声すらも聴くことができないんだ。

木こりは、木の精霊の存在を知っているものの、彼らとコミュニケーションができない。

だから結果的には、断りもなく切り倒すこととなる。

ちなみにではあるが、トランスを動かしている地の精霊たちも、他の人間の目には見えない。

俺という人間に話しかけられた森の木は、驚き交じりで答えていた。

「キミに木工として使われた木材は、みんな言ってるよ！　長持ちして丈夫で、ずっと人間の役に立てて最高だって！　だからキミに木工として使われるのは、僕たち木の精霊の憧れなんだ！」

すると、まわりにいた木たちも「僕も使って！」と勧誘してくる。

とうとう森の大合唱が始まり、ティフォンは「わたしのときとぜんぜん違う……」と唖然としていた。

俺は交渉の末、森の木の中から太い枝を何本か切り落として分けてもらい、木材に加工する。

ティフォンや地の精霊たちにも手伝ってもらって、馬車のまわりに木の釘で木材を打ち付けた。

俺はその途中、馬車の後部からT字の柱が飛び出しているのに気づく。

「なんだこれ？」

ティフォンが苦虫を嚙《か》み潰したような顔で教えてくれた。

「ああ、それは下僕となった精霊、つまりわたしがミスをしたら、縛り付けて晒《さら》し者にするための柱なんだって。勇者のヤツ、嬉しそうに言ってて超キモかった」

「精霊を縛り付けるだなんて最悪だな。頭がおかしいとしか思えん」

するとティフォンは「ふふっ」と笑う。

「なにがおかしいんだ?」

「人間って、精霊を便利なモノみたいに思ってる人ばっかりなのに、ユニバスくんは違うよね」

「当たり前だ。精霊は俺たちと同じで生きてるんだからな。同じ大切な命だ」

「うふふ、ユニバスくんが木の精霊たちに大人気だった理由がわかったような気がするよ。わたしたち精霊のことを認めてくれて、嬉しいな。わたしだけじゃなくて、他の精霊たちも喜んでると思うよ。みんなにかわってお礼を言っておくね。ありがとう、ユニバスくん」

花がほころぶような微笑みを向けてくれるティフォンに、俺は思わずドキリとしてしまう。

それに、改まってお礼なんか言われるとなんだか照れる。

危うく金槌《かなづち》で指を打ちそうになるハプニングはあったものの、俺たちの馬車は無事に地味になり、再出発をすることができた。


俺たちは、水の精霊の国『コンコントワレ』を目指して出発。

全盛期のトランスなら一日もかからない距離だが、多くの力を失った今のトランスだと、何事もなくても三日以上はかかるだろう。

そしてそれ以上に、大きな問題がひとつあった。

それは、『フーリッシュ王国をどうやって抜け出すか』ということ。

俺たちがいなくなってから数時間しか経《た》っていないというのに、国内はどこもかしこも厳戒態勢。

俺が作った連絡用の魔導装置が普及しているおかげで、今や王都からの伝令は、瞬時に領内の果てまで行き渡るようになっている。

そのため俺たちの馬車も、あっという間に巡回の戦闘馬車に囲まれてしまった。

「こうなったらもう、強行突破だっ！　ティフォン、一気に国境を抜けるぞっ！」

「わかった！　ユニバスくん！」

「頼むぞ、トランス！　そして地の精霊たちよ！」

トランスはいななくような素振りをする。

その口から「がってんだ！」と地の精霊たちの声が漏れた。

俺たちは太陽を背に、荒野の中をひた走る。

前からは津波のような戦闘馬車たちの群れが襲来し、後ろからも戦闘馬車たちの蹄音《ていおん》が地震のような響きをもって追い立ててきた。

でも、なにが来てもトランスの敵ではない。

たまに自爆覚悟で飛びかかってくる兵士はいたが、すべてティフォンの起こす風に阻まれていた。

この勢いのまま隣国へとなだれ込むつもりであったが、問題発生。

国境にはまるで戦時のように、馬を拒む柵が置かれ、頑強に武装した兵士たちが壁となって待ち構えていた。

どうやら、なにがなんでも国外脱出は阻止したいらしい。

迫り来る戦場に、ティフォンはすっかり臆病風を吹かせていた。

「わあぁっ⁉　あんなの、いくらトランスくんでも突破できるわけないよっ⁉」

「ああ、無理だ！　だからティフォン、キミの力を貸してくれ！　この馬車を、風の力で浮かせるんだ！」

「ええっ!?　そんなの無理だよ！　だいいち、やったことないし！」

「やってみなきゃわからんだろう！　頼む、ティフォン！」

「ううっ、ユニバスくんに頼まれると、断れないんだよねぇ……。わ、わかった！　でもわたしひとりの力じゃ無理だから、みんなを呼ぶね！」

ティフォンは山びこを呼ぶみたいに両手を頬に当て、天に向かって叫んだ。

「風の精霊のみんなーっ！　わたしに力を貸してーっ！　お願い！　このままじゃ捕まっちゃうのーっ！」

精霊姫の呼び声が響き渡った途端、あちこちからシャボン玉のように風の精霊たちが浮かび上がってくる。

彼らはタンポポの綿毛のような見目をしていて、ふわふわとティフォンの元に飛んできた。

風の精霊はティフォンの両手いっぱいに集まったが、彼女は半泣きで俺のほうを見る。

「だ……ダメっ！　これじゃ全然足りない！　馬車を浮かせるほどの力にならないよ！」

「なら、俺がやってみるっ！」

俺は人さし指を天に掲げながら、大きな声で宣言する。

「俺と遊びたい風の精霊たち！　この指、とーまれっ！」

これは『精霊たらし』のスキルのひとつ、『トゥギャザー・ギャザー』。

立てた指に、精霊たちを集める力を持つ。

俺の声が辺境の国境にこだましたとたん、空が口々にささやいた。

「ユニバスだ」「ユニバスだ」「ユニバスだ」「ユニバスだ」「ユニバスだ」「ユニバスだ」

「ユニバスだユニバスだユニバスだユニバスだユニバスだユニバスだユニバスだっ！」

「ユニバスだぁぁぁぁぁぁぁぁぁぁぁぁ――――――っ!!」

俺の指先に白い綿毛が付着したかと思うと、それは一気に俺の腕にまとわりつく。

いや、それどころか身体が、いやいや馬車全体が雲間に突入したみたいに、ふわふわモコモコしたもので包まれてしまった。

真っ白でなにも見えなかったが、隣から、とても信じられないといった絶叫が届く。

「うっ、うっそぉ――――っ!?!?　この子たちぜんぶ、風の精霊っ!?」

わたしが呼んだときには、ちょっぴりしか来てくれなかったのに……！」

その声はちょっとショックを受けているようだったが、今はそれどころじゃない。

「ティフォン、早く！　みんなと一緒にこの馬車を！」

「わ……わかった！　みんな、この馬車を持ち上げて！　せぇーのっ!!」

消え去る振動、感じる浮遊感。

雲が霧散すると、周囲には澄み切った青空が広がっていた。

眼下には、烏合《うごう》の衆のような兵士たちが、あんぐりと見上げている。

「とっ……とんでるぅぅぅぅぅぅぅぅぅぅ――――――っ!?!?」

トランスは透明な坂道を上っているかのように、グングン上昇していく。

こうやって空を飛ぶのも久しぶりだな、なんて思っていると、御者席に置いていた手が、ふと柔らかい感触に包まれた。

見ると、俺の手にティフォンの手が重なっている。

「どうした？」と尋ねると、彼女は繋いでいないほうの手を、わたわたと振りはじめた。

「あっ、えっと、ユニバスくんが落ちたら危ないと思って！　こうして手を繋いでおけば、落ちてもすぐに助けられるでしょう⁉」

「それもそうだな、ありがとう、ティフォン」

俺は頷《うなず》きながら、手をしっかりと握り返す。

すると、ティフォンの頰が桜色に染まった。

もはや、俺たちの行く手を遮るものはなにもない。

たどる道すらもなかったけど、そんなことは些細《ささい》なことだった。

だって俺たちの空はどこまでも晴れ渡り、どこまでもどこまでも開けていたのだから。

第二章 井戸の精霊、俺を溺愛

ところ変わって、フーリッシュ王国の城内。

急遽《きゅうきょ》設置された『ティフォン誘拐事件対策本部』には、王国の主要人物たちが勢揃いしていた。

長いテーブルの上座には勇者ブレイバン。

その傍らには腰巾着のように、魔導装置大臣のゴーツアンが。

「まだ捕まらんのか！」と苛立つブレイバンに、ゴーツアンが言った。

「落ち着いてください、ブレイバン様。次期国王ともあろう方が、そんなに取り乱してはみっともないですぞ。　国境には最新鋭の戦闘馬車を配備しているうえに、すべてを受け止める魔導盾を装備した兵士たちがおります。　それらはすべて私の開発した魔導装置ですから、何者であっても破ることはできません。　ティフォン様をさらった不逞《ふてい》の輩はすでに袋のネズミ同然。　ブレイバン様はネズミが捕まるのを、ごっつぁん！　とお待ちになっていればよいのです」

そこに、最新情報を携えた兵士が飛び込んでくる。

「た……大変です！　たった今、ティフォン様を乗せた馬車が、国境を突破したそうです！」

「なっ……なにぃぃぃぃぃぃぃ――――っ!?!?」

目玉が飛び出さんばかりに仰天し、椅子から立ち上がるゴーツアン。

「私が編み出した警備網は、たとえ軍隊が押し寄せてきても止められるはずなのに!?　いったい、どうやって!?」

「それが……魔導馬が、空を飛んだのです！」

すると、ゴーツアンは急に我に返って肩をすくめた。

「フッ、魔導馬が空を飛ぶわけがないではないか。きっと不逞の輩《やから》は幻術の使い手かなにかで、国境の兵士たちに幻覚を見せ、そのスキに突破したのであろう」

「で、ですが、国境はそのとき、数千人の兵士がいたそうです！　それほど多くの人間に幻術をかけるのは、不可能かと……！」

「ええい、わからんやつめ！　この私が幻覚といったら幻覚なのだ！　だいいち馬が空を飛ぶだなんて、そんなおとぎ話みたいなことがあって……」


……ダンッ！


ゴーツアンの言葉は、ブレイバンが机に振り下ろした拳によって遮られた。

「わかっていないのは貴様のほうだ！　ゴーツアン！　あの魔導馬は、風の精霊の力を借りることにより、空を飛ぶ力もあるというのを知らんのか！」

ゴーツアンは思わず「そ……そうなのですか!?」と口にしてしまい、「しまった」と手を口に当てる。

「い、いや、もちろん存じておりますとも！　なにせあの魔導馬は、この私が作ったのですからな！」

「貴様が無能なせいで、このフーリッシュ王国からネズミを逃がしてしまったではないか！」

「こ……この私が、無能!?　そ、そんなことはありません！　これは、わざとやったのです！」

ゴーツアンは、未来の国王から怒られるのを避けたいがあまり、とっさにウソをついた。

ブレイバンは「わざとだとぉ？」とギロリと睨《にら》み返す。

「は……はいっ！　不逞の輩はまんまと私の作戦に引っかかったというわけです！　私は国内でネズミを捕まえるより、国外で泳がせて捕まえるほうがメリットが大きいと考えました！　その名も……『凶悪手配書大作戦』ですっ！」

追いつめられたゴーツアンは、即興で起死回生の一手を吟じた。

まず、不逞の輩とさらわれた姫、すなわちユニバスとティフォンの似顔絵を作成する。

それを伝映《でんえい》装置という、映像を映し出す魔導装置を使って世界中に伝達する。

その似顔絵は、ユニバスを邪悪に描き、ティフォンは泣き叫んでいるように描いて、ユニバスの凶悪さを喧伝《けんでん》する内容にする。

あとは『ユニバスは生死を問わず』という形にして、賞金首にしておけば……。

寝て待つだけで、ユニバスは何者かの手によって殺されるであろう。

それだけではなく、ティフォンは『変態にさらわれたかわいそうな姫』という、新しい事実が世界中に知れ渡る。

彼女が自ら式典を抜け、別の男と駆け落ちしたという、勇者にとって不名誉な事実すらもなくなる。

「……という作戦でございます！」

ブレイバンはポンと手を打つかのように、ふたたびダン！　と机を叩いた。

「なるほど、それは名案だ！　さすがはゴーツアン！　魔導装置における、世界最高の技術者と言われているだけはある！　よぉし、さっそく似顔絵の作成に取りかかれ！　出来上がり次第、伝映装置を通じて各国に流すのだ!」

ゴーツアンの口からでまかせで生まれた『凶悪手配書大作戦』は、即日実行に移された。

何重ものチェックを重ね、ユニバスは人外のような醜悪さに描かれ、ティフォンは悲劇のヒロインに仕立てあげられる。

それが伝映装置で世界じゅうに送信されたあと、ブレイバンはお忍びでフーリッシュの城下町へと馬車を走らせた。

国内の民衆の反応を見て、成果のほどをたしかめてみたくなったからだ。

伝映装置というのは、人の集まる広場などに、お触れ書きの看板のように設置されている。

そのまわりには多くの民が集まっていた。

ブレイバンはほくそ笑む。

あの手配書を見たマヌケな民たちは、ユニバスに激怒するであろう。

そして、こんな美しい姫をさらわれた勇者の身を案じ、気の毒に思うことだろう、と。

しかし民のリアクションは想像とは真逆で、誰もが困惑しきりの様子だった。

ブレイバンはおかしいな、と思いつつ馬車を降り、人混みをかき分けて伝映装置のそばまで行ってみる。

そこにあったのは、ふたつの伝映装置。

ひとつは政府広報用のもので、今にも死にそうなほどに悲痛な表情の、ティフォンの似顔絵がアップで映し出されていた。

そして、もうひとつは民間のマスコミ用の伝映装置。

なんとそこには、馬車で街中を疾走する、ユニバスとティフォンの画像があった。

あたりは紙吹雪が舞い散り、ティフォンはカメラ目線でダブルピースをしている。

その表情はどう見ても、変態にさらわれる真っ最中には見えなかった。

それどころか、どこをどう見てもハネムーンに向かう花嫁にしか見えない、最高の笑顔が映し出されていたのだ……！

伝映装置に映ったふたりのティフォン。

その真逆の表情に、集まった民衆たちは困惑しきりだった。

「見ろよ。王国の手配書の伝映には、ユニバスとかいう変態に無理やりさらわれたティフォン様が描かれてるけど……」

「こっちにある、新聞社の号外の伝映のティフォン様は、とても無理やりさらわれているようには見えねぇぞ……」

「いったい、どっちの言ってることが本当なんだ？」

「そりゃ、新聞社のほうに決まってるだろ！　号外のほうは似顔絵じゃなくて、ありのままの真写《しんしゃ》なんだぞ！」

真写というのは、静止画を記録することのできる魔導装置のことで、いわばカメラのことである。

裁判などにおける証拠能力としては、目撃証言よりも遥《はる》かに上とされているものであった。

ティフォンに逃げられたという事実は、今までごく限られた一部の人間しか知らないことであった。

しかしこんな真写が出回ってしまった以上、もはや世界中の人々が知ることとなる。

しかも最悪なことに、すぐ隣に真逆の内容の似顔絵があったせいで、民衆はさらなる真実にたどり着いてしまった。

「なぁ、もしかして勇者ブレイバン様は、この真写に映ってるユニバスとかいう男に、ティフォン様を取られてしまったんじゃないのか……？」

「あっ、そうか！　勇者サマが姫を寝取られたとあっちゃ赤っ恥だから、こんな似顔絵を作って、無理やりさらわれたってことにしようとしてるんだ！」

「なんだよそれ！　ブレイバン様は偉大なる勇者様だと思ってたのに、あんがい器がちっさいんだなぁ！」

「もしかすると、アッチのほうがちっさかったのかもしれねぇぜ！」

どっと笑う民衆たち。

その場に居合わせていたブレイバンは、思わず叫んでいた。

「ぶ……無礼者ぉぉぉぉぉぉ――――――――――っ!!　俺様は、ちっさくなどなぁぁぁぁぁぁぁ――――――――――いっ!!」


ブレイバンは民衆をなぎ倒すようにして馬車に乗り込むと、速攻で城へと戻る。

ヤブヘビのような作戦を提案したゴーツアンに、痛い目を見せてやろうと意気込んでいたのだが……。

そこには、今いちばん会いたくない者たちが待ち構えていた。

それは、精霊八ヶ国の大臣たち。

彼らは手に手に、例の手配書を持っていた。

「ブレイバン殿、これはどういうことなのですかっ！」

「やはりブレイバン殿は、ユニバスさんが生きていることを知っていたんですな！」

「しかもこの手配書には、『生死を問わず』と書かれている！　我ら精霊に内緒で、ユニバスさんを始末しようとしていたのでしょう！」

「あなたはやはり、どうしようもない最低最悪のウソつき勇者だ！　見てください、この号外に映っているティフォン様の笑顔を！」

「ユニバスさんが亡くなったと聞いてから、ティフォン様はずっと塞ぎ込んでおられました！　こんな笑顔を見せたのは、本当に久しぶりです！　ああ、ユニバスさんと一緒にいられるのが本当に嬉しいのでしょう！」

「今回のことには、精霊王も大変お怒りになっておいでです！　ブレイバン殿が心を入れ替え、誠意ある対応をしてくださらなければ、同盟破棄も辞さぬとおっしゃっています！」

「さあっ、どうするのですか、ブレイバン殿っ！」

大勢の精霊大臣たちからまくしたてられ、ブレイバンは頭のキャパシティがオーバー。

後先考えずに喚き散らしていた。

「ぶっ……無礼ものぉぉぉぉぉぉぉぉぉ――――――――――――――――――っ!!　貴様らは勇者である俺様の言うことよりも、そんなケツ拭く紙みてぇな新聞を信じるってのかっ!!　ユニバスは凶悪なド変態で、器がショットグラスみてぇにちっちぇんだぞっ!!　アソコに至っては、ショットグラスがすっぽり被さるくらいなんだ!!　あーっはっはっはっはっはっはぁぁぁ

────────っ!! なにが同盟破棄だ！ 精霊ごときが人間と同盟なんて思い上がってんじゃねぇぞっ!! この俺様が本気を出せば、精霊の国なんて簡単に滅ぼせるんだ!! わかったら、もう全員先に死んどけっ！ 曜日ごとに分かれて、先に死んどけぇぇぇぇぇぇぇぇぇぇ────────っ!!」

精霊大臣たちを、口汚い罵りで追っ払ったブレイバン。

大声を出してスッキリしたのか「最初っからこうすりゃ良かったんじゃねぇか」と上機嫌。

しかしその数分後、フーリッシュ王国の国王に呼び出されていた。

「たった今、精霊の国々より、同盟破棄の伝書が届いた……。ブレイバンよ、貴様、なにを考えておるっ……!?」

「そ……それは……！ 精霊の大臣たちが、あまりにも生意気だったからです！ ヤツらは精霊のクセして……！」

「黙れっ！ 魔王を退けた今、人間の国々はすべて我がフーリッシュに従っておる！ あとは精霊の国々を従えることさえできれば、フーリッシュは世界を統べる帝国となれるのだぞ！ その絶好の機会をみすみすフイにするなど、このワシが許さん！ ワシの娘との婚約も、取り消しとするっ！」

「そ、そんな、父上！ それだけはお許しください！」

「その呼び方も、今日限りで終わりだ！ それが嫌なら、今すぐ同盟だけでも回復せよ！ このワシの手を、これ以上煩わせるでないっ！ この無能が！」

「こっ……この俺様が、無能っ……!?」

国王の執務室を追い出されたブレイバンは、かつてないほどに打ちひしがれていた。

生まれてこのかた一度たりとも、『無能』呼ばわりされたことなどなかったからだ。

しかもその原因は、彼が今までさんざん『無能』呼ばわりしてきたユニバスにある。

本当はユニバスはなにもしていないのだが、ブレイバンは完全に逆恨みしていた。

しかし復讐《ふくしゅう》に燃えるよりも先に、彼にはやらねばならぬことがある。

このままでは、本命である王女との結婚ができなくなってしまい、世界征服の野望が潰《つい》えてしまうからだ。

ブレイバンは一時間ほど前に追い払った精霊大臣たちを、すぐに呼び戻した。

そして彼らの前で、恥も外聞もかなぐり捨て、

「す……すまなかった……！　このとおり謝るから、さっき言ったことは許してくれっ……！」

なんと勇者、あれほどバカにしていた精霊たちに、最敬礼っ……！

舌の根も乾かぬうちに、謝罪会見開催っ……！

身体をくの字に折り曲げ、つむじを向けるようにして頭を下げるブレイバン。

それは勇者として育てられてきた彼にとって、初めての謝罪。

伏せた顔とその内心は、謝っている人間とは思えないほどに醜く歪《ゆが》んでいた。

――クソっ、この無礼者どもがっ……！

覚えてろよ、お前たちのメス霊どもをモノにした暁には、真っ先にお前たちの首を刎《は》ねてやるっ……！

精霊大臣たちは、勇者の心を読みとっていたかのように、あきれ果てた溜息《ためいき》をつく。

「はぁ……。ブレイバン殿、一時間ほど前に言ったはずです。我々は、誠意ある対応を望んでいると」

ブレイバンはバッと顔をあげ、思わず大臣たちを睨みつけてしまう。

「ぶっ、無礼……っ！　あ、いや、なんでもない！　俺様はこうして謝っているではないか！　こんなふうに、下げたくもない頭を下げて……！　あ、いやいや、誠心誠意をもって、偉大なる頭《こうべ》を垂れているのだぞ！」

「いいえ。我々はもはや、あなたを偉大だとはこれっぽっちも思っておりません。それよりも、我々の偉大なる友人であるユニバスさんに誠意を見せてほしいのです」

「あんな無能の極みに誠意だと⁉」と言いかけて、あわてて口をつぐむブレイバン。

彼は固めた握り拳の端から血を滴らせながら、轢《ひ》き潰されるカエルのような声を絞り出していた。

「ぐっ……！　ぐぐぐっ……！　わ、わかった、約束するっ……！　か、必ずやユニバスを、このフーリッシュ王国に、連れ戻してみせる……！　そして、ちゃんと謝るっ……！　謝るから……！　だから、だから同盟破棄だけは、勘弁を……！　勘弁、してくれぇぇぇっ……！」

ブレイバンはとうとう床に五体を投げ出す。

吐いた唾を這《は》いつくばって舐《な》め取るような、見事な土下座を披露していた。

しかしそれすらも、精霊大臣たちの心を動かすには至らない。

「ブレイバン殿、我々にはわかるのです。あなたの謝罪には真心の欠片《かけら》もないことが。どうせ国王に叱られて、しかたなく我々に頭を下げているだけなのでしょう」

「約束とやらも、我々の許しを得るための、その場しのぎのものにしか聞こえません。あなたは我々には、ユニバスさんを連れ戻すなどと言っておいて、実際はユニバスさんを亡きものにするつもりでしょう」

ブレイバンはバッと顔をあげ、またしても大臣たちを睨みつけてしまう。

しかしその表情は、いじめられっ子のように泣きべそをかいていた。

「じゃ、じゃあ、どうすればいいってんだ⁉　どうすれば俺様の言うことを信じて、謝罪を受け入れてくれるんだ⁉」

「あなたは根本的なところを勘違いしています。あなたが謝意を示す相手は、我々ではないのです。ユニバスさんと、ティフォン様に謝ってください」

「それはさっき言ったではないか！　連れ戻したら謝ると！　今謝ったところで、ヤツらには届かないんだぞ！」

「いいえ、届ける方法ならいくらでもあります。それに我々は、ブレイバン殿の誠意をたしかめたいのです。さぁ、ユニバスさんとティフォン様が聞いていると思って、おふたりに謝ってください」

ブレイバンとしては、『無能』と『メス霊』に謝るなど死んでもお断りであった。

しかし当人たちがいない予行練習なのであれば、断腸の思いではあるものの、できなくはない。

ブレイバンは血の涙を浮かべながら、精霊大臣たちに尋ねた。

「それを……それをすれば、同盟破棄はナシにしてくれるんだな……⁉」

「ええ。我々はあなたと違って、約束は守ります」

ブレイバンは歯を食いしばりながら顔を伏せる。

しばらく逡巡《しゅんじゅん》していたが、やがて地獄の底から這い出てきたような唸《うな》り声をあげた。

「てぃっ……ティフォンっ……！　こ、この俺様が、悪かった……！　もう、首輪をしろだなんて言わない……！　ミスしても、縛って晒し者にしたりしない……！　だから、だから俺様の元に、戻ってきてくれっ……！」

「ティフォン様にそんなことをしようとしていたのか!?」とどよめきが走る。

ブレイバンの謝罪は続く。

「そ、そして、ユニバスっ……！　し、仕事をクビにしたりして、悪かった……！　ま、また復職できるようにしてやる……！　い、いいや……！　戻ってきてくれたら、ゴーツアンをクビにして、お前を大臣にしてやる……！　だ、大臣だ……！　お前は、大臣になれるんだぞ……！　だから……戻ってきて……！　戻ってきてくれぇぇぇ……！」

ブレイバンは歯を食いしばるあまり、歯茎からは血がダラダラと流れていた。

しかしその口元は、嫌らしく歪んでいる。


——我ながら、一世一代の大芝居……！

なんとも、感動的な謝罪ではないか……！

でもこれは、絶対に当人たちに届くことはない……！

あくまで同盟破棄を避けるための、パフォーマンスだ……！

さぁて、最後の仕上げに入るとするか……！

ブレイバンはしおらしい態度を装い、くしゃくしゃにした顔をあげる。

「み、見たかっ⁉ この俺様の、誠心誠意の謝罪を……⁉ もしふたりが戻ってきたら、本番ではこれ以上の謝罪を……！」

しかしもう、精霊大臣たちはブレイバンを見ていない。

手にしていた魔導装置を、こぞって覗き込んでいた。

「そ、それは……？」

「これは、ユニバスさんが我々に送ってくださっていた魔導装置です。今まで静止画しか記録できなかった真写装置と違い、動画や音声も記録できる優れものです」

「うーん、それにしても良く撮れておりますなぁ」

「ではさっそくこれを、知り合いの記者に通じて、各国の伝映に流すように、依頼を……」

次の瞬間、ブレイバンは野獣のように精霊大臣たちに飛びかかっていた。

「ぐぎゃぶるぎゅむぎゃうぐるぎゅぐぶりゅっしゅゔゅわぁぁぁぁぁぁぁ――――っ‼」

「う……うわっ⁉ なにをするのですか、ブレイバン殿っ⁉」

「そんなものが出回ったら、俺様の勇者としてのメンツは丸潰れだっ！ ブッ壊してやるっ！ ブッ壊してやるぅぅぅぅぅぅ――――っ‼」

「き……貴様っ⁉ やはり本心では謝っていなかったのだな⁉」

「この期に及んでまで己のメンツを気にするなど、見下げ果てたぞブレイバン！ もはや同盟は完全破棄だっ！」

「うっ⁉ うぎゅぅぅぅぅぅ――――っ⁉ それだけはやめて！ それだけはやめてぇぇ――――っ‼

でもその動画を流されるのは、もっと嫌だぁぁぁぁぁぁ――――――――っ!!

もう許してっ！　ぜんぶ許してっ!!　許して許して許して、許してぇぇぇぇぇぇぇぇぇ――――――――っ！！！！」

駄々っ子のように泣き喚きながら、床の上をドスンバタンとのたうち回るブレイバン。

勇者の初めての謝罪会見は、かつてないほどの醜悪さをこれでもかと晒しながら、その幕を閉じた。


俺たちはフーリッシュ王国の国境をひとっ飛びし、隣国である『ワースワンプ王国』に着地。

そのまま太陽と競争するように街道をひた走る。

ティフォンは御者席から身を乗り出したまま、わぁわぁと歓声をあげていた。

「見て見てユニバスくん！　あそこにも、たくさん池があるよ！　陽《ひ》の光でキラキラ光ってて、すっごくキレイ！」

その池に負けないほどに、瞳を輝かせているティフォン。

彼女は精霊の中では、トップクラスの機動力を誇る風の精霊。

でもお姫様だけあって他の国には行ったことがないのか、見るものすべてが珍しいようだ。

「このワースワンプは池や湖が多いことで有名なんだ。　世界最大の湖もあって、海みたいに大きいんだぞ」

「海みたいな湖!?　見たい見たい見たーいっ！」

「うーん、それじゃ、ちょっと寄り道になるけど、行ってみるとするか」

「やったーっ！」

俺たちは本来のルートを少しそれ、『ロークワット湖』に向かった。

以前、勇者パーティとして訪れたときは静かな湖で、獲《と》った魚でバーベキューをやった覚えがある。

というか勇者たちはなぜかバーベキューが大好きで、ほぼ毎日のようにバーベキューをやっていた。

そして現在のロークワット湖は、勇者が魔王討伐の際に立ち寄った湖として名所になっていた。

リゾート地のように整備され、入口の看板には、水着姿の勇者パーティがバーベキューを楽しむ姿が描かれている。

敷地内ではその看板を真似するように、肌も露わな男女がバーベキュー用のグリルを展開していた。

あふれるリア充感に、俺は引き返したくなったが、ティフォンがわくわくしているのでそうもいかない。

勇気を出して入ろうとしたら、中年太りの管理人に止められた。

「入場料は、バーベキューセットとかコミコミで、ひとり一万¥《エンダー》だよ。水着の女の子がいるなら半額で、かわいくてスタイルもいい子だったら全部タダだよ」

管理人のふてぶてしい態度と、あまりのバカ高い値段に、俺は二重の意味でうろたえる。

「ふふっ、ふたり合わせて二万っ⁉　そそっ、そんな金……」

「『勇者価格』ってやつだよ。あんたいい歳して、二万も持ってないのかい？」

そういえば聞いたことがある。

勇者とタイアップした施設は『勇者価格』となり、とんでもない価格設定になるということを。

「むうっ。ユニバスくん、ちょっと待ってて！」

ティフォンはそう言い残すと、停馬場《ていばじょう》に向かって風のように走っていく。

停めてある俺たちの馬車に飛び込んだあと、中で暴れているのか馬車がギシギシと揺れている。

「おまたせっ！」と戻ってきたティフォンは、華やかなフレアビキニに着替えていた。

清楚《せいそ》なかわいらしさと、健康的なセクシーさを兼ね備えたその姿に、俺と管理人は同時に見とれてしまう。

「お……お嬢さんだったらタダだ！　タダでいいっ！　ささっ、めいっぱい楽しんでいってくれ！」

「やったー！　ありがとうおじさん！　ユニバスくん、行こっ！」

風の精霊姫が湖畔に現れたとたん、一陣の風が吹き、男たちの視線を総ざらいにする。

ティフォンはご機嫌で、俺の前をお尻をふりふり歩いているのだが、褐色の肌をしたチャラ男たちが、街灯を見つけた蛾《が》のように次々と寄ってくる。

「ねぇキミ、かわうぃーねー！　どっから来たの⁉　俺たちと遊ばない⁉」

「ひとりだよね？　おいしいバーベキューがあるよ！」

「見たカンジ、風の精霊だよね⁉　精霊は、俺たち人間にご奉仕するのがなによりの喜びなんだよね！」

「マジ⁉　それじゃ俺たちもいろいろご奉仕してもらおうぜ！　んじゃ、行こっか！」

チャラ男は馴《な》れ馴れしく肩に手を回そうとしていたが、ティフォンは寸前ですり抜ける。

風の精霊の特徴である長い耳をふわりとなびかせ、俺のほうに取って返した。

「ごめんね、わたしがご奉仕するのはユニバスくんだけなの！」

そして満面の笑顔で、俺の腕に抱きつく。

俺はナンパを追い払うための方便なんだと思い、「俺の女に手を出すな」的な雰囲気を装った。

チャラ男たちは俺の顔を睨みつけると、舌打ちとともに去っていく。

「もう、腕を放しても良さそうだぞ」と俺は言ったのだが、ティフォンは首をふるふるする。

「せっかくだから、このまま歩こうよ。ねっ、いいでしょ？」

「うーん、まあいいけど」

そして俺たちは湖畔を散歩した。

まわりはみんな水着だというのに、俺は油染みのついた作業服のままだったので、すごく浮いている。

ティフォンは全然かまわないようで、ニコニコしながら俺の腕にしがみついていた。

「あんまりくっつくと、匂いと汚れが付くぞ」

「ユニバスくんが、わたしたち精霊のために一生懸命がんばってくれた証《あかし》でしょ？　なら付いても平気だよ」

服の肩口に頬を寄せ、ニオイ付けするみたいにスリスリしてくるティフォン。

そのくびれた腰、控えめに穿《うが》たれたおへそから、「きゅうん」と仔犬《こいぬ》のような鳴き声がした。

俺は自分の腹を押さえながらつぶやく。

「そういえば朝からなにも食べてなかったんだった。せっかくだから、バーベキュをやってみようか」

「ホントに!?　やったーっ！」

「この湖は『モーサン』っていう、牛肉みたいな赤身の魚が獲れるんだ。それが絶品なんだぞ」

「うわぁ、楽しみっ！」

俺たちは湖畔の片隅に移動すると、バーベキューグリルを組み上げ、炭で火おこしする。

勇者パーティにいた頃は、バーベキューのセッティングは俺の仕事だった。

毎日のようにやらされていたので身体が覚えている。

バーベキューセットの食材はモーサンをはじめとして、さまざまな魚介がセットになったもの。

俺が火加減を考慮して並べたそれらは、じゅうじゅうと音をたて、香ばしい匂いをあたりに振りまき始める。

気がつくと、なぜか湖畔じゅうの視線が俺たちに集中していた。

俺はてっきりティフォンを見ているんだろうと思ったんだが、違った。

彼らの視線は、バターが溶けソースと混ざり合い、こんがりとした焼き色になっていく食材たちに釘付け。

「な、なあ……。あの海鮮、めちゃくちゃうまそうじゃねぇ……⁉」

「なんでだ……⁉　食材は、素潜りで獲った俺たちのほうが新鮮なはずなのに、俺たちが焼いてるのとは大違いだ……！」

「見るからにぷりっぷりで、ジューシーそうで……まるで別モノじゃねぇか⁉」

そこに、待ちきれない様子で「いただきまーす！」とティフォンがモーサンの切り身にかぶりつく。

アツアツをはふはふしながら頬張り、ごくんと飲み込んだあと、目をカッと見開いて、

「おっ……おいしぃいいいいいいいいいいいいいいい――――――――――――っ⁉⁉」

ティフォンはまるで料理の神様でも見るみたいな目で俺を見ていた。

「ユニバスくんのバーベキュー、すっごくおいしい！　こんなにおいしいもの、初めて食べた！」

「大袈裟《おおげさ》だな。でも、まだまだあるからいっぱい食べてくれ」

「うんっ！」

ティフォンは元気いっぱいに頷くと、食べ盛りの子供のようにはぐはぐむしゃむしゃ。

「はぐっ、このエビ、身がぷりぷりしてておいしっ！　こっちの貝は、すっごいホクホク！」

周囲のリア充たちは何度も喉を鳴らしている。

タイミングが合うと、

……ごくりっ！


と大きな音となって、聞こえてくるほどだった。

彼らは自分たちの目の前にもバーベキューがあるのに、すっかりほったらかし。

燃え上がる炎によって、真っ黒けっけに焦がしてしまっていた。

あんな強すぎる火力じゃ、おいしいバーベキューなんてできるはずもない。

炭火の炎で焼くのではなく、熱で焼くのがコツなんだ。

俺は勇者パーティでさんざん焼かされてきたので、調理の腕前には自信があった。

しかし俺の力なんてのは、あってないようなもの。

肝心なのはやっぱり、『炎の精霊』と『木の精霊』の存在に他ならない。

炎は木と合わさることにより、炭火となり、『おいしくしてくれる熱』を出すようになる。

これを『属性相生《そうせい》』と呼び、精霊というのは他の属性と掛け合わせることによりパワーアップしたり、新しい能力を発揮できるようになるんだ。

しかし『相生』は『相克』にも等しいので、当の精霊はあまりやりたがらない。

普通の人間は、精霊たちが嫌がるのもかまわず無理やり『相生』させるのだが、俺はそれだけはしたくなかった。

『精霊たらし』のスキルで頼んで任意でやってもらったほうが、『相生』の効果は大きくなる。

俺はトングで食材を並べなおすついでに、焼き網の隙間から呼びかけた。

「キミたちがいてくれるからこそ、最高のバーベキューができるんだ。ありがとうな」

すると返事をするように、炭がパチリと弾《はじ》けた。

「礼を言うのはこっちのほうだ！　ここいらのヤツらは、火をガンガンくべればいいと思ってるヘタクソばっかりで、ウンザリしてたんだ！　なぁ、お前！」

「はい、あなた！　ユニバスさんとまたバーベキューができるだなんて、夢みたいですっ！」

炎と木の精霊のカップルは仲良く抱き合い、アツアツぶりを見せつけるように、こうこうと赤く燃えている。

俺もそのご相伴にあずかろうと思い、モーサンをひと口。

うん、うまい。

うまいけど……。コレはここの湖で獲れたモーサンじゃなくて、輸入モノだな。

ロークワット湖のモーサンは、身が引き締まってるのに柔らかくて、最高級のステーキみたいな味がするんだ。

これはこれでいいけど、せっかくティフォンがいるんだから、思い出として食べさせてやりたいな……。

この湖では素潜り限定ではあるものの、漁をしていいことになっている。

それで今になって気づいたのだが、かつて勇者がこの湖で釣り上げたことになっている、モーサンが伝説として残っていた。

モーサンの大きさのランキングボードがあって、一位は勇者がランクイン。

一位　勇者ブレイバン様の『ブレイブモーサン』七〇キログラム
二位　釣り人ホニャララの『キングモーサン』六二キログラム
三位　釣り人ホニャララの『キングモーサン』五九キログラム

看板の説明によると、勇者ブレイバンは世界で唯一、七〇キログラム台のモーサンを釣り上げたという。

その功績を称《たた》え、七〇キログラム以上のモーサンを『ブレイブモーサン』と呼ぶようになったそうだ。

釣り上げたときの真写も展示されていたのだが、勇者パーティの中で俺だけが写っていない。

そういえば俺は旅の最中、ずっと撮影係だったからな。

俺はティフォンに言った。

「よし、ティフォン。これから本物のモーサンってやつを食べさせてやる」

「えっ？　今わたしが食べてたのって、ニセモノのモーサンだったの？」

「いや、ニセモノってわけじゃないんだけど、この湖で獲れるモーサンは、もっとうまいんだ」

するとと、まわりにいたリア充たちからクスクス笑いが起こる。

「おい、アイツ、モーサンを獲るつもりらしいぞ」

「マジかよ、この湖は素潜り漁のみなんだぞ！　それにモーサンはすげー狂暴ってのを知らねぇのかよ！」

「そうそう、俺たちみたいに鍛え上げられた『湖の男』ですら、普通のモーサンを獲るのがやっとだってのに！」

「きっと勇者ブレイバン様の伝説を見て、あの子にいいところを見せようとしてるんだぜ！」

「あーあ、アイツ、モーサンにやられて死ぬわ」

「っていうかビビっちまって、溺れて死ぬのが先なんじゃゃねぇの!?」

「よーし、それじゃアイツがどんな死に方をするか賭けようぜ！　勝ったヤツが、あの子を自由にできるってことで！」

自称『湖の男』たちは、勝手にティフォンを景品にして賭けをはじめていた。

俺は湖のほとりでしゃがみ込むと、独り言のようにつぶやく。

「久しぶりだな、ちょっと寄ってみたんだ。またあのときみたいに、モーサンを分けてくれないか？」

すると、水面が笑った。

「あっ、ユニバスじゃないか！　やっと来てくれたんだね！　ちょっと待ってて！　ユニバスのために、誰にも獲らせなかったとっておきのモーサンがあるんだ！　危ないから、ちょっと離れてて！　安全なところまで行ったら、指を鳴らして知らせておくれよ！」

俺は「わかった」と頷き、ほとりから離れた。

指をパチンと鳴らすと、水面がボコボコと泡立ちはじめる。

次の瞬間、

……どっ、ぱぁぁぁぁぁぁぁぁぁぁぁぁ――――――――――――――――――――――んっ!!


水しぶきが盛大に噴き上がり、二メートルはありそうな巨大な魚影が宙を舞う。

俺の足元にズダンと叩きつけられ、びちびちと暴れだす。

「えっ……えええええええ――――――――――――――っ!?!?」

『湖の男』たちは、全財産を賭けたルーレットで『0』の目を引き当てたような、ありえないほどの絶叫を轟《とどろ》かせていた。

『湖の男』たちはニヤケ顔だったが、俺が指を鳴らして巨大なモーサンを釣り上げた瞬間、愕然《がくぜん》とする。

「う、ウソ、だろ……!?　指を鳴らしてモーサンを釣り上げるだなんて、ありえねぇ……！」

「なんなんだ、あの漁法は……!?」

俺は心の中で答える。

「精霊漁法だよ」と。

「すごいすごいすごいっ！　すっごぉぉぉぉぉぉぉぉ～～～～～～～～～～いっ！　こんなにおっき

いモーサンがいるなんて！　ユニバスくん、さっすがぁぁぁぁぁ～～～～～～～～～っ!!」

ティフォンは俺の目の前で、ぴょんぴょん跳ねて大はしゃぎ。

フリルに包まれている胸が、別の生き物みたいにぷるんぷるん揺れている。

気がつくと湖畔じゅうの水着ギャルたちが集まってきて、一緒になって飛び跳ねはじめた。

「すっごーい！　こんなにおっきいの、初めて見た！」

「この湖じゃ、大きいモーサンが獲れるほど、いい『湖の男』なんだよ！」

「あぁん、素敵！　あなたはこの湖でいちばんの男よ！」

俺のまわりはどこもかしこもぷるんぷるんしていて、目のやり場に困る。

そしてとうとう、『湖の男』たちも大集結。

「すげえ、このモーサン、一〇〇キロはあるぞ！」

「勇者様の捕まえたモーサンを、軽くオーバーするなんて！」

「いやあ、さすがはユニバスさん！　ひと目見たときから、ただ者じゃないって思ってました！」

「『ブレイブモーサン』をひと口食べるのが、俺たち『湖の男』の憧れだったんです！」

「うぇーいっ！　ごちになります、ユニバスさん！」

ドサクサまぎれに、俺の獲った、というか水の精霊からもらったモーサンを食べようとするリア充軍団。

俺は流されるままだったのだが、ティフォンは違った。

「ちょいまち！　なんであなたたちが食べようとしてるの!?　これはユニバスくんが、わたしのために獲ってくれたモーサンなんだよ!?」

ティフォンはリア充相手にも臆せず、ピシャリと言い放つ。

「そんなぁ、こんなにでかいんだから、みんなで食べたほうが絶対いいじゃん！」

「そうだよ！　あんた、風の精霊なんでしょ⁉　だったら空気読むのも得意なんじゃないの⁉」

「そーそ！　ここはみんなでパーッといこうよ！」

「うぇーいっ！」と勢いで押し切ろうとするリア充たちであったが、そうはティフォンが卸さない。

「だ――――めっ‼　だいいちあなたたち、さっきまでユニバスくんのことをさんざんバカにしてたじゃない！　だったら食べる前に、することがあるんじゃないの⁉　ん⁉」

ティフォンは噛んで含めるような口調で、リア充たちを厳しく叱り付けた。

湖畔にいた男女を、管理人も含めて全員正座させ、俺に向かって何度も土下座させる。

「ゆ……ユニバス様！　ば、バカにしたりしてすいませんでした！　もう二度と、あなた様のことをバカにしたりはしません！」

「ダーメ！　気持ちがぜんぜんこもってない！　それに頭を下げるタイミングがバラバラじゃない！　もういちどやり直し！　完璧にできるまで、モーサンはあげないからね！」

「ゆ、ユニバス様ぁ！　バカにしたりしてすいませんでしたぁ！　これからは勇者ではなく、あなた様のことを敬いますぅ！　そして、あなた様の伝説を語り継いでいきますぅぅ～～～～っ‼」

俺はなんだか、教祖様にでもなったような気分だった。

ティフォンは全力土下座だけでは飽き足らず、ランキングボードの書き換えを要求。

湖の精霊から得た情報をもとに、勇者ブレイバンをランキングボードから消し去った。

一位　ユニバス様の『ユニバスモーサン』　一〇〇キログラム
二位　ユニバス様の『ユニバスモーサン』　七〇キログラム
三位　釣り人ホニャララの『キングモーサン』　六二キログラム

『ブレイブモーサン』の名前が変わっているのも、もちろん彼女の指示だ。

俺はニッコニコの精霊姫とともに、一位記念の真写を撮り、勇者のかわりに飾られることとなった。

それまで勇者一色だった湖畔は、やがて俺一色に変わる。

仕掛人であるティフォンはあたりを見渡して、「うん、こんなものかな」と満足げな表情。

その頃になるとリア充たちは、すっかり彼女に飼い慣らされていた。

「あ、ありがとうございます！　ティフォン様！　ではこれで、伝説のモーサンを頂いてもよろしいでしょうか!?」

するとティフォンは、「うん、いいよ！」と天使のような笑みを浮かべる。

リア充たちがホッと安堵《あんど》したのも束の間、彼女の口から悪魔のような一言が飛び出した。

「ただし、『皮』のところだけね！　実をいうとわたし、モーサンの皮って苦手だったんだ！」

「えっ……えええええええ――――――――――――っ!?!?」

そのとき、俺は思った。

俺が『精霊たらし』のスキルを持っているように、彼女は『人間きびし』のスキルを持っているんじゃないかと。

ティフォンは本当に、モーサンの皮以外は一切れも与えなかった。

しかしここまで来るとリア充たちは皮すらも有り難がるようになっていて、炙《あぶ》ってパリパリにして、拝みながら食べていた。

ティフォンは残ったモーサンはすべて切り身にして、馬車の台所にある魔導冷凍庫にしまう。

「これだけあれば、しばらくは食べ放題だね！」とウッキウキだった。

そのあと、俺たちは夕暮れ迫る湖を、褐色の男たちと水着ギャルたちに見送られながら後にする。

御者席で俺の隣に座っているティフォンは、やり切った表情で伸びをしていた。

「あーっ、楽しかったぁ！　こんなに楽しかったの、生まれて初めて！」

「そんなに喜んでくれたなら、寄り道した甲斐《かい》があったよ」

「本当にありがとう、ユニバスくん！　もう楽しすぎて、心もおなかもいっぱいだよ！」

「じゃ、あとは寝るだけだな。この近くの街か村で一泊するか」

「えっ？　街か村に泊まるの？　馬車にはベッドルームがあるよ？」

「馬車に泊まるのは、なるべく控えようと思ってるんだ。普通の馬車ってのは中が狭いから、旅人は外でキャンプしたり、宿に泊まったりするからな。もし俺たちが馬車の中で夜を過ごしているのを見られたら、勇者の馬車だってバレてしまうかもしれない。そうなると、いろいろ面倒だ」

「あっ、なるほどぉ！　わたしはユニバスくんと一緒だったら、どこで寝るのもへいきだよっ！」

「じゃあ、魔王討伐のときに寄った村がこの近くにあるから、そこに泊めてもらうとするか。『井戸発祥の地』といわれる由緒ある村だから、変わらずに残っているはずだ」

「わぁい、さんせーっ！　井戸へ移動しよーっ！」

というわけで俺たちは井戸で有名な村、『イドオンの村』へと向かうことにした。


『イドオンの村』は、俺がかつて勇者パーティとともに訪れた際は、風光明媚《めいび》で趣のある村だった。

しかしロークワット湖と同じで、今はかなり様変わりしている。

『井』というエンブレムのようなものがそこらじゅうにあり、勇者を称える石像や看板が乱立していた。

それらはどれも、勇者に抱きつく着物姿の女性がモチーフになっていて、ふたりの足元には貧相な男が足蹴にされている。

馬車を降りた村の入口、そこに置かれていた巨大な看板を見るなり、ティフォンはすぐに気づいた。

「あれ？　この石像の勇者って、わたしと精婚しようとしてた勇者と同じ？　それに踏みつけられてる男の人のところに、『無能のユニバス』って書いてあるけど、これってもしかして……？」

「ああ、どうやら俺みたいだな」

勇者はかなりイケメンに描かれて、俺はこれでもかと醜悪に描かれていた。

「ええっ⁉　ユニバスくんはこんなにカッコ悪くないよ⁉　それになんで、こんなに酷い目に遭ってるの⁉　許せない！」

「以前、この村に立ち寄ったときに、ちょっとした誤解があったんだよ。それがそのまま語り継がれてるようだ」

ティフォンはぷりぷり怒っていたが、俺は気にせず村の広場へと向かう。

そこには大勢の村人たちが集まっていて、なぜか、看板の勇者ソックリなイケメン男までいる。

ティフォンはイケメン勇者を本物の勇者と勘違いしているのか、「うげっ」吐きそうな声とともに俺の後ろに隠れていた。

俺は人と話すのは苦手だったので、村人たちに話しかけるのは気が進まない。

でもティフォンには任せられそうもなかったので、俺は勇気を振り絞って尋ねる。

「あ、あの……」

すると村長らしき年寄りから、素っ頓狂な声が返ってきた。

「おやっ⁉ お前、無能のユニバスじゃな！ 久しぶりじゃなぁ！」

「おっ、おおっ、覚えてて……」

「忘れるものか！ お前さんがどえらいヘマをやって、井戸の精霊であるイドオン様を怒らせて、勇者様に助けられた逸話は、この村の村おこしに使っておるんじゃから！」

「あっ、あの……ひと晩、泊めて……」

「はぁ⁉ バカ言うな、この無能がっ！ ここんとこずっとイドオン様の機嫌が悪いせいで、この村の井戸が涸《か》れてしまって、干からびる寸前なんじゃ！ そんな大変なときに、イドオン様に嫌われてるお前さんを泊めたりなんかしたら、この村が滅んでしまうわ！」

それで俺はようやく、イケメン勇者がいる理由に気づく。

井戸の精霊がお気に入りだと思っている勇者を遣わせて、機嫌を取ろうとしているんだ。

でもそれは大きな誤解なので、行かせたら大変なことになるかもしれない。

俺は同行を申し出たのだが、「バカ言うな、この無能がっ！」にべもない。

しかし、村長は他の村人たちから耳打ちされ、ひそひそ話を始めた。

「村長、この無能はとんでもねぇ役立たずだが、『代理勇者』様と違ってホンモノだ」

「こいつをイドオン様に差し出して、煮るなり焼くなり好きにさせたら、よりイドオン様のご機嫌が取れるかもしれねぇ」

そしてとうとう『代理勇者』まで話の輪に加わる。

「コイツが噂の『無能のユニバス』か、ならイドオンへの生贄《いけにえ》としてちょうどいい。ボロ雑巾みたいになるだろうから、あとは馬小屋にでも放り込んでおけばいいではないか」

丸聞こえの密談を終えた村長は、俺に向き直ると、

「よし、それじゃワシらと、これからイドオン様のところに行くぞ！　そしたら、今日ひと晩泊めてやってもいいじゃろう！」

ふと、ティフォンが俺の服の袖をくいくい引っぱる。

見やると、ものすごくいぶかしげな表情をしていた。

「なんだかよくわかんないけど、この人間たち、ロクでもないことを考えてる気がする！　ユニバスくん、行くのはやめようよ！」

「いや、相手が精霊である以上、そういうわけにはいかない。それに、俺が誤解を訂正しなかったせいもあるかもしれないからな」

というわけで俺は、村人たちと一緒に夜を待つ。

あたりが暗くなったところで、村の奥地にある、小高い山へと出発する。

山の頂上にある古井戸に、問題の『井戸の精霊』が住んでいるんだ。

向かうメンツは村長と数人の村人、ニセ勇者に、俺とティフォン。

井戸までの道を観光名所にしようとしているのか、山道は以前来たときよりも歩きやすく舗装されていて、道端には作りかけの屋台なんかが建ち並んでいる。

そして、月明かりすら閉ざす古井戸に着くなり、底からなにかが這い上がってくるような音が聞こえてきた。


……ずぞぞぞぞぞぞぞぞぞぞぞぞっ……！


祀《まつ》られている精霊というよりも、邪悪な怨霊のような気配があたりを支配する。

ランタンを持つ村人たちは、今にも逃げ出しそうだった。

そして、一拍ほどの静寂の後、

「おぉぉぉぉぉぉぉぉぉぉぉ――――――んっ！！！」

血も凍るような絶叫とともに、長い前髪で顔を覆った着物姿の女の子が飛び出してきた。

「でっ、出たぁぁぁぁ――――――っ⁉⁉」

驚きすぎて、ひっくり返ってしまう村人と勇者。

ショッキングな登場を果たした井戸の精霊は、まっしぐらにニセ勇者にとびかかっていき、問答無用で馬乗りになったかと思うと、……ガスッ！　バキッ！　ドカッ！　グシャッ！　ゴキッ！　メシャアッ！


その怨念に満ちた見目とは裏腹の、ワイルドすぎるマウントパンチの連撃を浴びせはじめた。

「うぎゃあああああ――――っ⁉　いだいいだい⁉　いだーいっ⁉」

ニセ勇者はわけもわからぬうちにボコボコにされ、たまらず泣き叫ぶ。

腰が抜けて立てない村人たちは、這いずって止めに入った。

「お、お待ちくださいイドオン様！　そちらにいるのは勇者様ですぞ！　無能のユニバスは、あちらです！」

俺の名が出たとたん、豪雨のように激しかった拳の嵐がピタリとやむ。

「ユニバス……？」

とうわごとのようにつぶやき、俺のほうを見る井戸の精霊。

次の瞬間、彼女は血にまみれた拳をパーにして、諸手《もろて》を挙げながら駆け寄ってきた。

「おっ……おぉぉぉぉぉぉぉぉぉぉ――――――んっ‼　ゆっ……ユニバス様ぁぁぁぁぁぁ――――――っ‼　おっ……お会いしとうございましたぁぁぁぁぁぁ――――――っ‼」

井戸の精霊イドオンは、勇者を殴っているときは悪鬼羅刹のような表情をしていた。

しかし俺を見るなり豹変、線の細いかよわい少女となって抱きついてくる。

「おっ、おおっ！　おおおんっ！　このイド、ユニバス様のことを一夜たりとも忘れたことはありませぬ！　またこうしてお会いできるだなんて、至福の極みにござりますっ！」

俺の胸に顔を埋《うず》め、おんおん泣くイドオン。

ティフォンは「なっ⁉　なんで抱きついて……⁉」と、髪の毛が渦を巻くくらいに驚いていた。

殴られていたニセ勇者の顔は風船のように膨れ上がっていて、「ひぎゃぁぁぁぁぁ――――っ‼」と逃げ出す。

何度も転び、山の上を転がり落ちるようにしていなくなった。

村長をはじめとする村の者たちは、ポカーンとしている。

「な……なんでじゃ？　イドオン様は勇者様のことが好きで、無能のユニバスのことを毛嫌いしておったのでは……⁉」

するとイドオンは、驚愕と怒りの入り交じった表情で、キッと村人たちを睨みつけた。

「おおんっ⁉　そんなわけありませぬ！　イドはずっとユニバス様のことをお慕いしておりました！」

……真実はこうだ。

かつてこの村を訪れた勇者パーティは、イドオンの力を借りるために、この古井戸へとやってきた。

しかし、イドオンは呼んでも出てこなかった。

しびれを切らした勇者ブレイバンはなにを思ったのか、毒を井戸に放り込んだんだ。

井戸の中にいたイドオンは、毒を頭から浴び大激怒。

さきほどニセ勇者にしたように、マウントを取ってブレイバンをボコボコにしたんだ。

俺は必死でイドオンを止め、彼女を説得、ふたりっきりで月を見上げているうちに、なんとか彼女の怒りを鎮めることに成功した。

イドオンの力を借りる約束を取り付けた俺たちは、村へと戻る。

そこであろうことかブレイバンは、俺が井戸に毒を放り込んだと村人に吹聴したんだ。

目撃者は勇者パーティしかおらず、俺は人間相手だと極度の口下手なので言い返せない。

結局、無能な俺がしでかした行動を、有能な勇者が愛の力で救ったという話が出来上がってしまった。

そして、話は現在に戻る。

村人たちはイドオンを畏《おそ》れ敬っていたので、彼女のいる古井戸には滅多に近づこうとはしなかった。

しかし、勇者の愛の力で少しは柔和になったであろうと、村おこしを始めたらしい。

村人たちは勇者とイドオンをカップルに仕立て、それを全面に押し出しはじめた。

そしたらなぜか、イドオンは井戸から出てこなくなり、村の井戸も涸れてしまったという。

イドオンは着物の袖をぶんぶん振り回しながら熱弁した。

「おおん！　おおん！　おおおんっ！　イドが怒るのも当たり前でしょう！　だって大嫌いな勇者と、相思相愛みたいな像や看板を立てられたのですぞ！　そのうえ大好きなユニバス様を、無能呼ばわりして！」

この事実を知った村人たちは愕然とする。

「イドオン様、そ、それは、まことなのですか……⁉　偉大なる勇者様が、そんな無能の極みのようなことをするだなんて……！　それに勇者様ではなく、一介の下働きである、ただの男を慕うだなんて……！　我々人間から考えると、ありえないことです……！」

「おおんっ！　そなたら人間と違い、我ら精霊は純粋なのです！　見た目や地位ではなく、ありのままこそを愛するのです！　それを証拠に、ほら、見なさい！」

……バッ！


イドオンは目が隠れるほどに長い前髪をかきわけ、白いおでこを露出させる。

そこには『井』の文字が光り輝いていた。

「おおっ⁉　イドオン様の力を表すといわれる、『イドゲージ』が……！　最大の、レベル4になっている……⁉」

「今まではどんなに高くても、レベル3までだったのに……⁉　ユニバス様と再会できた喜びが、そこまで力をみなぎらせるとは……！」

「そうです！　イドはいま、至福の極地にいるのです！　自分でも信じられないくらいの力が、しとどにあふれているのを感じております～っ！」

イドオンは天を仰ぎ、月に向かって狼《おおかみ》のように吠《ほ》えた。

「おおお――――――――――――――――――――――――んっ‼」

するとと背後にあった古井戸から、

……どばっ……しゃぁぁぁぁぁぁぁぁ――――――――――――――――――――――――っ‼

クジラの潮吹きもかくやという勢いで、水が噴出する。

眼下に広がる村々、そこにある井戸からも水が噴き出し、恵みの雨となって降り注ぐ。

村に残っていた村人たちは、快哉《かいさい》を叫んでいた。

「やった！　やったやった！　やったーっ！」

「勇者様がイドオン様の機嫌を直してくれたぞーっ！」

「いや、イドオン様が無能をぶちのめしてスッキリしたのかもしれん！」

喜ぶ村人たちの間を、腫れあがった顔のニセ勇者がフラフラと通り過ぎる。

「……あれ？　今の勇者様じゃなかったか？」

「なんであんなにボコボコになってるんだろう？　今頃はイドオン様とラブラブのはずなのに……」

村の様子を見ていたイドオンは、毅然《きぜん》とした態度で村長に命じる。

「村長！　今すぐ村々の誤解を解くのです！　村おこしするのは構いませぬが、像と看板はすべて作り替えるのです！　本当の無能は勇者であること、そしてイドがユニバス様のことをお慕いしているいることを広めてくだされば、イドはもう井戸を涸らすことはありませぬ！」

「はっ、ははぁ――――っ！　ただちに！」

平伏する村長。

イドオンは俺にずっと寄り添っていたが、気づくと後ろにもぽやんとした柔らかさを感じた。

首を捻《ひね》って背後を見やると、そこにはティフォンがぴとっと身体を密着させている。

なぜか「むぅ」と口を尖《とが》らせながら。

目が合うと、彼女は「見てたの⁉」みたいな表情になる。

ポッと頬を染め、作業着の背中をきゅっとつまんで顔を伏せていた。


俺の『精霊たらし』のスキルのおかげで、井戸の精霊イドオンはご機嫌になった。

そして彼女のおかげで、長きにわたってこの村に伝わっていた『勇者伝説』は終わりを告げる。

村長たちは驚いていた。「まさか勇者様が、本当は無能だったなんて……」と。

それだけでなく、この俺に辛《つら》く当たっていたことを謝罪してくれた。

なにはともあれ万事解決ということで、俺たちは村へと戻る。

イドオンは井戸のそばから離れられないので、名残惜《なごり》しそうにしていた。

俺は彼女と約束する。

「この村を出るときに、必ずまた会いに来るよ」と。

そして村長は俺に対し、手のひらを返したような態度になった。

「いやあ、ユニバス様はこのあたりの村々を救ってくださった英雄じゃ！　どうか、この村でごゆるりとなさってくだされ！」

この村に来たばかりの頃は、村長は代理勇者と共謀して、俺を馬小屋に放り込む気マンマンだった。

しかし真実が明らかになったあとは、俺を村の宿のいちばんいい部屋に案内してくれる。

村の宿は村おこしのために新しく作られたものらしく、オープン前で客はいなかった。

女将《おかみ》に勧められて入った風呂は半露天で、誰もいなくて広々と使えて気持ちいい。

宿は小高い丘の上にあるので、村を見渡せて景観も抜群。

空には吸い込まれそうな星空が広がっていて、素晴らしいの一言だった。

しかし少しでも視線を落とすと、眼下の村でライトアップされている勇者像が目に入ってくる。

そこだけはイマイチだと思った。

地の精霊たちも一緒に湯船に浸かり、アヒルのオモチャのようにプカプカと浮いている。

彼らと今日一日の労をねぎらい合っていると、カラカラと戸が開く音がして、新しい客が入ってきた。

男湯は貸し切りかと思っていたのだが、どうやらそうではないらしい。

編んだ髪の小さなシルエットは、身体にバスタオルを巻いていた。

その丸みを帯びたフォルムに、俺はあっと声をあげる。

「ティフォン……ここ、男湯だぞ?」

「女湯にいたら、ユニバスくんと地の精霊さんたちの楽しそうな声が聞こえたから来ちゃった。わたしも一緒に入ってもいいでしょう?　女湯は誰もいなくて寂しくって」

俺が「まあ、いいんじゃないか」と言うと、ティフォンは「わーい」と白い爪先を湯船にちゃぷんと浸ける。

彼女は身体を湯船に沈めながら、俺に肩が触れるくらいの距離まで近づいてきた。

「ああ～っ、気持ちいい。今日一日の疲れが溶けていくみたい」

「今日はいろいろあったもんな」

「うん、それに本当だったら今頃は、あのへんな勇者と一緒にお風呂に入ってたはずなんだ。勇者のヤツ、毎日一緒にお風呂に入って背中を流せとか言ってたんだよ！　それをしなくてすむと思ったら、余計に気持ちがいいなぁ～！」

心からせいせいしたように、両手を上げて伸びをするティフォン。

すべすべした脇と、ほっそりした鎖骨。

その下にあるバスタオルがはだけ、ふっくらとしたラインが見えそうになっていたので、俺はとっさに目をそらした。

俺の気づかいも知らず、ティフォンはずいと顔を寄せてくる。

「あ、そうだ。勇者で思い出したんだけど、イドオンちゃんにボコボコにされてた勇者って、本物の勇者じゃないよね？」

「ああ、あれは『代理勇者』だよ」

俺は『代理勇者』の制度について、ティフォンに説明してやった。

『代理勇者』というのはその名のとおり勇者の代理で、世界各地に存在している。

勇者の威光を与えられた者として、勇者関連のイベントに登場したり、また問題などを解決するという役割がある。

ちなみにオーディション制で、毎年多くの若者たちが代理勇者になるのを夢見て応募しているらしい。

その審査はとても厳しく、容姿や能力だけでなく、家柄や親の資産なども問われるという。

「へぇぇ、そんなのがあるんだ……。わたし、最初見たとき本物の勇者かと思って、うげってなっちゃった」

そして話は少しそれるが、精霊というのは、ほとんどの人間の区別がつかない。

人間と精霊の学者の共同研究によると、精霊は人間の姿形を見ていないという。

『エーテル体』という、人間の目には見えない霊体のようなものを見て、人間の個体識別をしているらしい。

そしてそのエーテル体というのは、持ち主が好感を抱いている相手ほど、鮮明に見えるという。

たとえばある精霊が、とある人間のことを知りたくても、人間側がその精霊に好意を抱いていなければ、精霊側はその人間を個人として認識できない。

多くの精霊は人間が好きで奉仕しているというのに、人間側はそれが当たり前だと思って感謝しない。

だから精霊は、ずっと人間に片想《おも》いを続けているというわけだ。

ティフォンが代理勇者を見たときに、本物の勇者と勘違いしてしまったのは、そういう理由からである。

イドオンが代理勇者をボコボコにしたのも、精霊たちの中では『一緒くたで勇者に見えている』からに他ならない。

話の最中にふと、ティフォンが湯船から身を乗り出し、丘の麓にある村のほうを指さす。

「あれ？　あそこにいるの、代理勇者じゃない？」

視線をやると、たしかに代理勇者の若者が、夜の村をさまよっているのが見えた。

なぜか、イドオンにやられたとき以上に顔はボコボコになっていて、身に着けていた立派な装備は剝ぎ取られ、ボロボロの下着姿。

頭に残った勇者の冠がなければ、ゾンビかと勘違いしてしまいそうな有様。

彼は今にも倒れそうにフラフラと、とある民家の戸にすがっていた。

「お、おねがい……お願いです……。今夜、ひと晩だけでも、泊めて……」

しかし、ガラリと開いた戸から突き出た足に蹴られ、代理勇者は吹っ飛ぶ。

続けて現れた家の主は、鬼のような形相だった。

「お前、イドオン様にたいそうやられたそうじゃないか！　そんなヤツを泊めたりなんかしたら、また井戸が涸れちまうよ！」

「ううっ……そんな……！　お願いです、馬小屋でもいいですから……！」

「ダメだダメだ！　さっさと出ておいき！　あっ！　それは村で用意した冠じゃないか！　返せっ！」

「そ、そんな、これまで奪われたら、俺はもう勇者だってわからなくなってしまう……！」

代理勇者は足蹴にされながら、とうとう王冠まで剝ぎ取られてしまっていた。

ピシャリと戸を閉められ、代理勇者はそばにあった井戸にしがみつきながら立ち上がる。

「の、喉が……！　喉がかわいて死にそうだ……！」

彼は、つるべをたぐって水を飲もうとしていたが、

……どぉぉぉぉぉぉぉぉぉぉ――――――――――んっ!!

井戸の水が突如として噴き出してきて、空に打ち上げられていた。

きっと、イドオンの仕業だろう。

「うぎゃぁぁぁぁぁぁぁ――――――――――――っ⁉⁉ 冷たい⁉ 寒いっ⁉ 死ぬっ⁉ 凍え死ぬぅぅぅぅぅ――――――――っ⁉⁉ 誰か⁉ 誰かっ⁉ 助けてくれぇぇぇぇぇぇ――――――――――っ！！！！」

変わり果てた代理勇者の泣き叫ぶ声が、村中にこだまする。

俺たちはポカポカの湯船に浸かり、打ち上げ花火のようにその様を眺めていた。

俺の肩に頬を寄せながら、とろけきった様子でティフォンが言う。

「お風呂は気持ちいいし、景色も最高だねぇ。今わたし、とっても幸せだよ……。ああっ……勇者と精婚しなくて、本当によかったぁ……」

打ち上げ花火を横から見終えたティフォンは、「そうだ！」とさも名案が閃《ひらめ》いたかのように声を反響させていた。

「わたし、ユニバスくんのお背中を流してあげる！ ううん、流させてほしいの！」

「なんでそうなるんだよ。さっき勇者の背中を流すのを、あんなに嫌がってたじゃないか」

「それは、わたしたち精霊のことを粗末にする勇者が相手だからだよ！ わたしたち精霊のことを好きでいてくれるユニバスくんに、少しでもお礼がしたいの！ ささっ、あがってあがって！」

俺は半ば強引に湯船から引っ張り出され、洗い場に連行される。

洗い場の椅子に座った俺の背中を見て、ティフォンは息を呑んでいた。

「お風呂に入っているときは気づかなかったけど……。ユニバスくんの身体って、なんでこんなに傷だらけなの……⁉」

「ああ、いろいろあって付いた傷だよ。勇者パーティにいるときは俺がいつもオトリだったし、罠《わな》のかかった宝箱も俺が開けてたしな。それにパーティメンバーがムシャクシャすると、いつも俺のことをサンドバッグがわりにしてたんだ」

「そうなの⁉　それに、つい最近付いたばかりみたいな火傷《やけど》痕もあるよ⁉」

「ああ、それは城で働いていたときのヤツだな。当時の上司は嫌なことがあると、俺の身体にタバコを押し当ててたからな」

「勇者パーティも、お仕事の上司も、どっちも仲間のはずなのに……。なんでそんな、酷いことを……⁉」

「みんな言ってたよ、俺はキモい、って」

するとと俺の背中に、無限の柔らかさが生まれる。


……ぎゅっ！


ティフォンは俺の背後から胸に手を回し、包み込むようにして俺を抱きしめていた。

かつて勇者に、焼けた鉄を押し当てられて付けられた『無能』の文字に、頬ずりするティフォン。

「なんで……どうして……⁉　どうしてこんなになってるのに、トランスくんの焼印を消そうと一生懸命なの……⁉　ユニバスくんの身体についている火傷の痕のほうが、よっぽど酷いのに……！」

「俺の身体はどう扱われようと別にいいさ。でも魔導装置や精霊たちが傷付けられるのは嫌なんだ。ただ、それだけのことだ」

ティフォンは濡《ぬ》れた顔をあげると、ぐしっ、と腕で拭う。

そして決意を新たにするように、握り拳を固めた。

「よ……よぉーし！　わたしが絶対に、この傷を消してみせる！　今はまだ無理だから、いつか絶対に！　それまでは、ユニバスくんの身体をごしごしして、少しでもキレイにする！　地の精霊さんたち！　ユニバスくんの身体をすみずみまでゴシゴシしましょっ！」

湯船の縁に小鳥のように並んでいた地の精霊たちが立ち上がり、「おおーっ！」と拳を突き上げる。

ただならぬ団結感に、俺は一抹の不安を覚えた。

「え、おい、洗うのは背中だけじゃないのかよ。すみずみまでってどういう……」

「かかれーっ！」

ティフォンの疾風のような号令一下、俺は精霊たちにまとわり付かれ、もみくちゃにされてしまう。

「く、くすぐったいっ！　あっはっはっ！　そこ、やめて！　あっはっはっはっはっ！」

俺は誰かに身体を洗われたことなんてなかったが、まさか初めての体験がこんな賑やかなことになるなんて思いもしなかった。


俺は身体をピカピカにされたあと、ティフォンを残して先に風呂からあがった。

相手は精霊とはいえ、年ごろの女の子と一緒に着替えるわけにはいかないからな。

本当は彼女を先にあがらせるつもりだったんだが、

「女の子はいろいろ準備があるの。だから先にあがってて」

と言われたので、お言葉に甘えることにしたんだ。

浴衣を着て部屋に戻ると、そこには大きな布団がひと組だけ敷かれていた。

……なんだこれ？

と思っていると、庭に面する引き戸がガラガラと開く。

そして、俺はとんでもないものを目の当たりにした。

そこは縁側にあたる廊下だったのだが、おそらく村の者であろう若い娘たちが、白装束で正座していたんだ。

彼女たちは一斉に、土下座のように頭を下げる。

「村をお救いくださったユニバス様に、夜伽《よとぎ》にまいりました」

言葉も出ない俺に、少女たちは肩をはだけさせながら、グイグイ迫ってくる。

「今宵はどうか、私たちの身体でお楽しみくださいませ……！」

俺はもう喉に栓がされたみたいに言葉が出なくなっていた。

人間相手だと緊張して口ごもるタチだってのに、さらに相手が異性となるともうどうしようもない。

しかもこんなに複数相手だと、身体が石みたいに硬直してしまう。

その体質のおかげで、勇者パーティにいた頃は魔導女と聖女にさんざんからかわれてきた。

しかし今回はからかいではなく、本気《マジ》っ……⁉

女たちは獲物を狙う女豹のようなポーズで、俺の浴衣の帯を咥《くわ》えてほどき、口でするすると脱がしはじめる。

抵抗すらできない俺は、息のできない魚みたいに口をぱくぱくさせるので精いっぱい。

そしていよいよパンツに手が掛けられ、今にもずり下ろされようとしていた、そのとき……！

……びゅぉぉぉぉぉぉぉぉぉぉぉぉぉ――――――――――っ!!

神風が俺の横を通り過ぎていき、女たちをみんな吹き飛ばしてしまう。

「きゃあああ――――――――っ!?!?」

女たちは悲鳴とともに庭に投げ出され、半裸のまま丘から転がり落ちていった。

俺の背後から、あきれたような声がする。

「まったく、油断も隙もないんだから」

俺にとってその声は、天からの救いのように思われた。

我ながら情けないことだが、俺は半泣きで振り返る。

「あ、ありがとう、ティフォ……！」

部屋の入口に立っていたのは、たしかに風の精霊姫ティフォンだった。

しかし浴衣どころか普段着ですらなく、ある装束をまとっている。

そう、先ほど俺を襲った村娘たちと同じ、真っ白な……！

彼女は部屋に入ってくると、布団の上ですっと膝を折った。

足を揃えた正座で、三つ指ついて頭を深々と下げる。

そして、いつもの彼女とは思えないほどにしっとりした声で、こう言った。

「不束者《ふつつか》ですが、よろしくお願いいたします」

「なんだよ急に、あらたまって……」

すると、ティフォンはパッと頭をあげる。

そこにあった顔は、紅葉《もみじ》が色づいたかのように染まっていた。

唇もいつもと違っていて、桜の花びらのような、初々しいピンク色。

清らかさの象徴のような存在が、ほころぶようにそっと開く。

そして紡ぎ出された声は春風のよう。

しかしその風に乗った言葉は、にわかには信じられないものであった。

「……『よとぎ』なら……わたしがしてあげる……。ううん、したいの！　ユニバスくんの『よとぎ』を……！」

ティフォンは『よとぎ』を申し出た途端、顔をさらに紅潮させていた。

正座のまま、しゅばっ！　と飛んできて、胸の前で拳を握り固める。

「お願い！　させてくださいっ！『よとぎ』を！」

先ほどまでの新妻のような貞淑さはどこへやら、今はサカリのついた暴れ牛のように鼻息が荒い。

彼女の『よとぎ』の発音がぎこちなかったので、俺は不審に思った。

「さっきから『よとぎ』って言ってるけど、『よとぎ』がなんのことか知ってるのか？」

「もちろん知ってるよ！」

ティフォンは急ききって言うと、どこからともなく小冊子のようなものを取り出す。

そして「えーっと、『よ』、『よ』と……」と、辞書で調べ物でもするみたいにペラペラとページをめくりだした。

「思いっきり調べてるじゃないか」

「『よとぎ』と……あった！　えーっと、まずは殿方に膝枕をします、だって！　ここに寝て、ユニバスくん！」

ティフォンは己の膝をポンポン叩いて促す。

これからなにをするつもりなのかわからなかったが、本人はかなりやる気のようだったので、俺は付き合ってやることにした。

横になって、ティフォンの膝に頭を乗せる。

精霊とはいえ、女の子の膝はすごく柔らかかった。

「もうこれでいいんじゃないか」

「ううん、まだ続きがあるみたい！　えーっと、殿方に膝枕をしたあとは、夜にふさわしいお話をします、だって！　夜にふさわしいお話？　それってなんだろう？」

「う～ん」とかわいい唸り声が降ってくる。

少しして、「あ、そういうことか！」と答えがわかったように手を打ち合わせると、

「……これはねぇ、友達の精霊のフゥちゃんに聞いた話なんだけど……。うちの女子校の音楽室に飾ってある肖像画が、夜になると……」

「夜の話って、怪談話か」

しかし始まってたったの数秒で、ティフォンは長い耳を押さえてイヤイヤをしはじめた。

「くぅ～っ！　わたし、怖い話苦手なの！　ああっ、ずっと忘れてた怖い話の内容、思い出しちゃった！　くぅぅ～～～っ!!」

そして不意に、俺の頭の下から膝が消え去ったかと思うと、

「あぁんっ、もう限界！　足がっ！　足がぁぁぁぁ――――――っ!!」

どうやら正座は初めてだったようで、足がしびれたのか布団の上をのたうちまわりはじめた。

ドスンバタンと部屋が揺れる。

「最初の膝枕以外は、『夜伽』とは程遠い……。まさに『よとぎ』だったな」

俺がそうつぶやくと、ティフォンは急に動かなくなる。

今度はなんだと思って覗き込んでみると、

「すー、すー」

と幸せそうな顔で、寝息をたてていた。

「さんざん暴れたと思ったら急に寝落ちだなんて、まるで子猫みたいだな」

生まれて間もない子猫のような、幸せいっぱいの寝顔に、俺は思わず吹き出してしまう。

そして、今更ながらに気づく。

「そういえば……。笑ったの、何年ぶりかな……」

俺は精霊姫の、光り輝く髪を撫でた。

すると彼女の口が、ムニャムニャと波線を描くように動く。

「むにゃ……ユニバスくん、わたしの『よとぎ』、どう……？　ユニバスくんに喜んでもらうのが……わたしのいちばんのしあわせなんだよ……」

「うん、今まで生きてきて、こんなに楽しい一日は初めてだったよ。ありがとうな、お姫様」

俺は彼女の身体を持ち上げ、布団にきちんと寝かせなおし、掛け布団を肩まで掛けてやる。

押し入れからもうひと組の布団を引っ張り出してきて、横に敷いてからそこに寝た。

次の日の朝。

俺は、窓から差し込む光で目覚めた。

かなり日が高くなっていて、どうやら昼近くまで眠ってしまったようだ。

隣で寝ていたはずのティフォンの姿はなく、布団ごと消え去っていた。

それどころか壁はボロボロで、床と天井に穴が開いている。

まるで極地的な台風が起こったみたいな有様だ。

それを引き起こしたのであろう当人は、部屋の外にある廊下にいて、風の力でもぎ取ったのであろう扉を布団にして、あられもない格好で寝ていた。

「すさまじい寝相の悪さだな……」

俺は廊下に出て、彼女の着崩れを元通りにしてから、抱っこして部屋に戻ろうとする。

ちょうど村長が廊下の向こうから歩いてくるのが見えた。

「おはようございますじゃ、ユニバス様。女将から聞きましたぞえ、昨夜はずいぶんとお楽しみだったようで……。激しい振動がひと晩じゅうやまなかったそうですなぁ」

ゲヒヒヒと下卑た笑いを浮かべる村長。

「それと、今日からさっそく改装を始めました。イドオン様が早朝からはりきっておられて、改装は順調ですじゃ」

改装……？

と思いつつ、宿の縁側から村の様子を見てみる。

すると、山の頂上にある古井戸が噴き出していて、その上空には、クジラの潮吹きで遊んでいるようなイドオンの姿があった。

「おぉん、看板のデザインはそれでいいでしょう！　仕上げのあと、もう一度チェックしますよ！　それでは次は、石像のデザイン変更にまいりましょう！」

村の入口にあった巨大看板は、塗り替えの真っ最中。

下絵はすでに仕上がっていて、それは俺とイドオンが抱き合い、ふたりして勇者を足蹴にしているイラストになっている。

絵の片隅にはティフォンと地の精霊も描かれていて、ふたりを祝福するみたいにバンザイしていた。

「わあっ、なにあの絵⁉」

ちょうど起き出したティフォンも、その絵を見て目を丸くする。

白装束のまま縁側から飛び出し、古井戸のほうへとビューンと飛んでいった。

「ちょいまち、イドオンちゃん！　ここはイドオンちゃんを祀る村だから、看板のメインはイドオンちゃんでいいけど、わたしをもうちょっと大きく描いてよ！　身体がちっちゃくて頭がおっきいだなんて、地の精霊さんとおんなじじゃない！」

「おぉん、これはデフォルメといって、イラストにおける新しい表現手法なのです。ティフォンさんと地の精霊さんは、この村の『ぬるキャラ』として活躍していただく所存です」

「ぬ、ぬるキャラ……？」

井戸の精霊と風の精霊はしばらく言い合っていたが、やがて風の精霊は俺のほうにルンルンと舞い戻ってくる。

「わたし、この村の『ぬるキャラ』になれるんだって！　『ぬるキャラ』ってすごい人気者なんだよ！　知ってた⁉　ユニバスくん！」

どうやら、すっかり言いくるめられたようだった。

◆

「うーん、ロークワット湖のときみたいに最後まで監修しようと思ったけど、イドオンちゃんがいるなら大丈夫そうだね！」

イドオンの『勇者サゲ』っぷりはどうやら、ティフォンも太鼓判を押せるレベルらしい。

しかしロークワット湖のときといい、俺は不安に思った。

世間的な人気は、圧倒的に勇者のほうが高い。

それなのに俺みたいな無名の人間を推したりして大丈夫なのか、と。

しかし村長は言った。

「ワシらイドオンの村の者たちは、井戸の水を飲み、井戸の水で身体を浄《きよ》め、井戸の水で作物を育てておりますじゃ。すなわち、生きるすべてがイドオン様とともにある……。そのイドオン様が幸せであることこそが、村の幸せに繋がるんですじゃ。イドオン様にそう言われて、ワシらも目が覚めました」

あれ？　その言葉、どこかで聞いたことがあるような……。

と思ったら、かつてブレイバンの不祥事でイドオンが怒ったときに、月夜の下で俺がイドオンに言った言葉だった。

村長は俺に向かって頭を下げる。

「これからは勇者様ではなく、イドオン様と、イドオン様が愛するユニバス様を崇めて参ります」

俺は人間から頭を下げられるのに慣れてないので、うろたえてしまう。

「あ、あの……頭を、あげて……」

「そうそう、そうじゃ。ユニバス様はこれから出発なさるんじゃろう？　その前に、イドオン様のお住まいを訪ねるようにと、イドオン様から言付かっておりました」

イドオン様のお住まいとは、おそらく山の頂上にある古井戸のことだろう。

どのみち村を出る前には挨拶に行くつもりだったので、俺はティフォンとともに山を登る。

すると頂上にある井戸のほとりに、イドオンが佇んでいた。

彼女は俺を見るなり、ひと振りの剣を差し出してくる。

朱色の鞘《さや》に、柄頭のところに『井』のマークが入った剣。

ティフォンは幻でも見たかのように、目をこすって何度も見直していた。

「こ……これはもしかして、『イドオンソード』……!?」

『イドオンソード』……俺も噂には聞いたことがある。

抜けば井戸という井戸から水が噴き出し、それは水の剣となって天まで届き、その剣はひと振りで月をも割るという。

イドオンはいつになく真剣な表情で、「おぉん」と頷いた。

「これは我が井戸の精霊に伝わる、伝説の聖剣。ユニバス様、どうかこれをお持ちになってくださいませ」

俺とティフォンは「「ええっ⁉」」とハモってしまう。

「なぜ、この俺に……？　これは勇者が望んでも渡さなかったものなんだろう？」

「おぉん、たしかに勇者は去り際に、この剣を望みました。でも、イドは渡しませんでした。そしたらあろうことか、またしても勇者は井戸に毒を放り込んだのです。それも、最初に入れた毒よりも、ずっと強力なものを……！　このイドを毒殺して、『イドオンソード』を奪うために……！」

「なに？　勇者のやつ、二度も毒を入れてたのかよ⁉」

「おぉん、その通りです。イドはその毒から逃れるのに精いっぱいで、ユニバス様とのお別れの挨拶をすることができなかったのです。それどころか受けた毒を回復させるために、井戸の底で長き眠りにつかなくてはなりませんでした」

「そんなことがあったのか……」

「そして昨日、ユニバス様の立ち振る舞いを見て、イドは確信しました。このお方こそ、『イドオンソード』を持つにふさわしいと……！」

イドオンは祈るような瞳で、俺を見た。

「この剣はイド自身でもあります。ユニバス様のおそばにこの剣があれば、イドはいつもユニバス様とともにいられます。ですからどうか、受け取ってください……！　お願いしますっ……！　おぉぉ～～～～～んっ！」

「受け取ってあげて、ユニバスくん！　でなきゃイドオンちゃんがかわいそうだよ！　おぉぉ～～

〜〜んっ！」

ふたりの精霊からおんおん迫られて、俺はその伝説の聖剣を受け取らざるをえなくなってしまう。

鞘を握りしめた瞬間、手のひらと心の中に、ずっしりとした重みが生まれた。

それはイドオンが、勇者の卑怯《ひきょう》なやり方にもめげず、ひたむきに守り続けてきたもの。

頼れる者もおらず、暗くて深い井戸の中で、ひとりで、孤独に……。

俺は重大な使命を帯びた気持ちになり、「大切にするよ」と頷き返す。

するとイドオンの額の文字が輝きだし、その顔がほころんだ。

それは病床の母親が、命にかえて生んだ赤子を、父親の手に託したような……。

もはや思い残すことなどなにもないような、いや、むしろ思いが報われたような表情に見えた。

「よかった……！」

次の瞬間、彼女の身体から光の粒子がたちのぼりはじめる。

それはまるで水に溶けるかのように、サラサラと天に昇っていく。

「⁉　イドオンちゃん⁉　まさか剣を渡すと、イドオンちゃんは消えちゃうの⁉」

今にも泣きそうなティフォン。

しかし消えゆくイドオンの表情は穏やかであった。

「おぉん……悲しむことはありませんよ。なぜならばこれでイドは、永遠に……ユニバスさまとともに……。おぉ……ん……」

ティフォンは崩れ落ち、天を仰ぐ。

「そ……そんなのってないよっ⁉　せっかく仲良しになれたと思ったのに、いなくなっちゃうなんて！ う……うわぁぁぁぁぁぁぁぁ――――――――んっ‼」

ティフォンは天に還《かえ》っていく光の粒子を、いつまでもいつまでも見送っていた。

もはやなにも見えなくなって、空が夕暮れに染まってもなお、ずっと、ずっと……。

俺たちはそれから古井戸をあとにして、山を下りる。

ティフォンは泣きはらした顔をうつむかせ、ずっと肩を落としていた。

とぼとぼと村を歩いていると、ふと、道端から声がする。

「なにを泣いているのですか？」

それは、妙に聞き覚えのある声だった。

見やるとそこは、村の井戸端。

井戸のへりに腰掛けて、足をぱたぱたしている着物姿の少女がいた。

墓場から蘇《よみがえ》った死体を見るように、仰天するティフォン。

「い……イドオンちゃん⁉ なんでそんなところにっ⁉」

「おぉん？ なんでって、イドは井戸の精霊ですよ？ 井戸から井戸のあるところへは、自由に行き来できるのです。ユニバス様に剣を受け取ってもらったので、もう古い井戸に張り付いている必要もなくなりました。

これからはアグレッシブに井戸を行き来する所存でございます」

「い……いや、そういうことじゃなくて！ 死んだんじゃなかったの⁉」

「おぉん？ なんで死ななくてはならないのですか？ でもたしかに、昨日まで死にたいほど絶望しておりました。なにせ村人たちからこぞって、へんな勇者とカップリングされていたのですからね。でも、今は違います。愛するユニバス様と正式に結ばれて、幸せ絶頂なのでございます」

「こっ……こんのぉぉぉぉぉぉぉぉ――――っ!! でっ、でも……! 生きてくれて、ありがとぉぉぉぉぉぉ――――っ!!」

そんなこんなでいろいろあったが、俺たちはイドオンの村から離れ、旅を再開した。

第三章 泉の精霊、俺を溺愛

ところ変わってフーリッシュ王国。

魔導装置大臣であるゴーツアンは焦っていた。

なぜならば彼は偶然、ブレイバンの謝罪会見を覗き見してしまったから。

その中で勇者が発したあるセリフが、どうしようもないほどにゴーツアンを焦燥に駆り立てていたのだ。

『そ、そして、ユニバスっ……！　し、仕事をクビにしたりして、悪かった……！　ま、また復職できるようにしてやる……！　い、いいや……！　戻ってきてくれたら、ゴーツアンをクビにして、お前を大臣にしてやる……！』

この言葉を耳にした瞬間、ゴーツアンの心の中には阿鼻《あび》叫喚の悲鳴が渦巻いていた。


――く……クビっ……!?

今や世界最高の魔導装置技術者と呼ばれている、このゴーツアンを……!?

しかも、あの『無能』と蔑まれ続けたユニバスを、呼び戻すために……!?

あ……ありえない……！

そんなことは、たとえ世界がひっくり返ったとしても、あってはならぬことだっ……！

ゴーツアンとしては、ブレイバンが本心でそんなことを言ったとは思いたくなかった。

精霊国との同盟を維持するために、一時的にユニバスを大臣に据えようとしているのだと信じたかった。

その謝罪会見の動画は今なお未公開であったが、公開されたが最後、ユニバスは尻尾を振って飛んで戻ってくることは間違いないと思っていた。

そうなると、ゴーツアンは即降格になってしまうだろう。

さらにゴーツアンは、ここのところブレイバンに良い印象を持たれていない。

ユニバスを隣国にとり逃がしてしまったうえに、続けて提案した『凶悪手配書大作戦』にも大失敗していたからだ。

下手をすると会見のセリフのとおりに、降格を通り越してクビになってしまうかもしれない……！

降格処分の場合は、ユニバスの無能さが証明されれば大臣に返り咲くこともできるであろうが、クビだとそうはいかない。

そのためゴーツアンとしてはなんとしても、早いところ汚名を返上しておく必要があった。

――精霊姫たちとの精婚式はすべて取り消しになってしまったが、『勇者祭』はまだまだ続く……！

その期間中に、なんとしてもブレイバン様に良いところを見せ、得点を稼いでおかねば……！

『勇者祭』というのは、勇者パーティが魔王を退けたことを記念して行われている祭事のこと。

世界各地で長期間にわたって行われ、その中心となっているフーリッシュ王国にとっては、重要な外交の場でもあった。

精婚式はすべてお流れになってしまったが、それ以外のイベントが中止になるわけではない。

風の精霊姫ティフォンとの精婚式のあとには、各国首脳との食事会が予定されていた。

特に、隣国であるワースワンプ王国内の国王との会食は、なによりも重要視されている。

その理由はみっつあった。

まず、ユニバスは現在ワースワンプ王国を逃走中で、その捕縛のためにはワースワンプ国王の協力は必要不可欠であるという点。

そしてふたつめの理由は、ワースワンプ国王は大のバーベキュー好きであるということ。

国策として、勇者のバーベキュー場を推進しているほどであった。

そのため、食事会もバーベキューが予定されており、もしそのバーベキューでワースワンプ国王を満足させることができれば、さらなる勇者需要の拡大が見込めるであろう。

そして、みっつめこそがゴーツアンにとっての最重要項目。

食事会の場では、ゴーツアンの開発した最新式のバーベキューマシンをお披露目することになっていた。

もしこのマシンがワースワンプ国王に気に入られれば、大量受注を得ることができる。

それは魔導装置大国であるフーリッシュ王国において、なによりの評価対象となる。

そう、バーベキューでワースワンプ国王をもてなすことができれば……。

ユニバスは捕まったも同然なうえに、ゴーツアンの評価もうなぎのぼりとなり……。

たとえユニバスが戻ってきたところで、ゴーツアンは大臣のままでいられるかもしれないのだ……！

そのためゴーツアンにとって、数日後に控えていたバーベキュー大会は正念場であった。

そしてついに彼は、あるカードを切る決断をする。

『ユニバス作』という、禁断のカードを……!

ゴーツアンの下でユニバスが働いていたとき、ユニバスの作った魔導装置はすべてゴーツアンが保管していた。

いざという時のために、自分が作った装置として取り出し、評価を得るために。

その中に『勇者のバーベキューマシン』というのがあった。

これは、勇者パーティが食べていたバーベキューの味、つまりユニバスの焼き加減を再現できるというスグレモノ。

ゴーツアンも自宅で何度か使ってみたことがあるのだが、この世界にあるどのバーベキューマシンよりもおいしいバーベキューが焼き上がるので、家族からも大好評だった。

その禁断のマシンを、ついに世に解き放つときがきたのだ。

彼は秘密の倉庫の中で、黒光りするバーベキューマシンに頬ずりしながらほくそ笑んでいた。

——ユニバスの作った魔導装置で、ユニバスを破滅させる……!

こんなに痛快で、因果応報なことは、他にありはしない……!

やっぱり、このゴーツアンは天才だ……!

ククククク……!

そしてついに、ワースワンプ国王と勇者の食事会の日がやってくる。

通常の外交であれば、フーリッシュ側も国王が応対するのが礼儀なのだが、『勇者祭』中は勇者が国王のかわりを務めるのが通例となっていた。

バーベキューということで、会場はフーリッシュ王国内にある清流のそば。

ワースワンプ国王とブレイバンは、バーベキューにふさわしいラフな格好をして、フランクな雰囲気で臨んでいた。

バーベキューマシンの制御、つまりバーベキュー奉行を仰せつかったのは、他ならぬゴーツアン。

彼は一流レストランのオーナーのようなタキシードで決め、ダイヤモンドの埋め込まれたトングをカチカチさせていた。

「ワースワンプ国王、本日はお越しくださり誠にありがとうございます。本日の食事会では、フーリッシュ国内で採れた最高級食材を、このゴーツアンが作りし最新鋭のバーベキューマシンで焼かせていただきます」

最新鋭のマシンと聞き、ワースワンプ国王の目が輝く。

「おお！　世界最高の魔導装置技術者といわれた、ゴーツアン殿の最新作とは！　これはこれは楽しみだ！　我が国にあるバーベキューマシンは、どれも火加減が難しいという声が多くてな！」

「まさにそんな声にお応えするために作り出したのがこの、『勇者バーベキューマシン』でございます。これはバーベキューに不慣れな者でも、食材を並べてスイッチを入れるだけ。それだけで、勇者パーティが食したという、絶妙な焼き加減のバーベキューが楽しめるのです」

「ほぉ、スイッチを入れるだけとはすごいな！」

「それではそのすごさを体感していただくために、国王様、こちらのツマミを回していただけますか？」

「おお、ぜひやらせてくれ！」

ワースワンプ国王は、子供のようにはしゃいで『勇者バーベキューマシン』の操作パネルに手をかける。

主電源のスイッチであるツマミを、『ＯＮ』の方向に回した途端、

……どごぉおおおおおおおおおおおおおおおお――――んっ！！！！

◆

時は少しだけ戻る。

ゴーツアンがワースワンプの国王をもてなすために、『勇者バーベキューマシン』をセッティングしていたときのこと。

食事会の会場である森の河原には、清流のせせらぎが響き、爽やかなる風が吹き渡っていた。

不意に風が強くなり、ざわざわと木々がざわめいたとたん、『勇者バーベキューマシン』の中にいた木炭の精霊たちは騒然となる。

「おい、木々が教えてくれたぞ！　ユニバスさんが仕事をクビになったらしい！」

木炭の精霊が周囲に触れ回ると、他の精霊たちも驚きに包まれていた。

「なんだって⁉　俺たち精霊の唯一の味方だった、ユニバスさんが⁉」

「くそっ、俺たちはずっと暗い部屋に閉じ込められてたから知らなかったぜ！」

「いったい、誰がクビにしたの⁉」

「どうやら、ゴーツアンとかいう大臣らしい！」

「ゴーツアン⁉　今、このマシンをセッティングしてるヤツじゃないか！」

「許せねぇ！　バーベキューみたいに燃やしてやろうぜ！」

「そんなのダメよ！　そんなことしたら、ユニバスさんに迷惑がかかっちゃう！　だってこのマシンは、ユニバスさんが作ったものでしょう⁉」

「いや、今はそうじゃないんだ！　操作パネルのところを見てみろ！」

「あっ⁉　ここにはユニバスさんの名前が彫り込まれてたのに、ゴーツアンに彫りかえられてる……⁉」

「そうだ、ゴーツアンはユニバスさんの作った魔導装置を、自分が作ったものにしてるんだ！」

「ということは……ここで私たちががんばって、おいしいバーベキューを焼いたとしても、ユニバスさんの手柄にはならないということ⁉」

「そうだ！　でも、逆に考えてみるんだ！　ここで俺たちが、大暴れしたら……！」

その場にいた精霊たちは合点がいったように、ニヤリと笑いあう。

彼らはそもそも属性を異にする者たちで、普段は仲がいいわけではない。

しかし『ユニバス』というキーワードは、精霊たちにとっては錦の御旗に相当する。

彼らは『ゴーツアン』という敵を討つために、一致団結した。

その結果が、

……どごぉぉぉぉぉぉぉぉぉぉぉぉぉぉぉ――――――――――

んっ！！！！


大・爆・発……！

スイッチがオンになった瞬間、『勇者バーベキューマシン』はドラゴンのように火を吹いた。

「ぎゃぁぁぁぁぁぁぁぁぁぁぁぁ――――――――――っ!?!?」

間近にいたワースワンプ国王は火だるまになる。

しかしすぐ近くにあった河原に飛び込んだのと、いざというときのために控えていた聖女たちの『癒し』を受け、大事には至らずにすんだ。

しかし、そのあとは最悪の状況。

なにせ被害に遭ったのはワースワンプの国王だけで、ブレイバンとゴーツアンは無傷。

ワースワンプの騎士たちも護衛としてその場に居合わせていたのだが、彼らはすぐに疑いを持った。

「これはもしや、我が国王を狙ったテロ行為なのではないか!?」

「いや、もしやなどではない！　ゴーツアンは自らの作ったバーベキューマシンで、我が国王にスイッチを入れさせた！　完全に計画的な犯行ではないか！」

「ゴーツアンを捕まえろーっ！」

ゴーツアンは組み敷かれながらも必死に弁明した。

「ち、違う！　このゴーツアンはテロリストなどでは断じてない！　これは、なにかの間違いで……！」

騒ぎの場に、回復したワースワンプ国王が戻ってくる。

彼は怒っておらず、「よいよい」と周囲をなだめた。

「どんな天才でも、失敗することはある。たとえ世界最高といわれたゴーツアン殿も例外ではなかろう」

ここでゴーツアンが素直に謝っていれば、国王はすべてを許してバーベキューを再開するつもりであった。

しかしゴーツアンの辞書には『謝罪』という言葉はない。

すべては『横取り』と『言い逃れ』という、悪辣な言葉だけで埋め尽くされていたのだ。

「こ、国王！　恐れながら申し上げます！　このバーベキューマシンはゴーツアンによるものではないのです！　ユニバス……！　そう、あのユニバスが作ったものなのです！　ユニバスは風の精霊姫をさらい、今もなお貴国であるワースワンプを逃走中なのはご存じでしょう!?　あやつは無能であるくせに、悪知恵だけは働くどうしようもない男！　バーベキューマシンに細工をして、国王の暗殺を目論んでいたのです！」

なんとゴーツアン、ユニバスをクビにしたあとなのに、さらに罪を覆い被せるという、ウルトラC級の言い逃れを披露。

これには、柔和だったワースワンプ国王の眉根もいぶかしげに寄る。

「先ほど、そなたは自分が作ったバーベキューマシンだと申しておったではないか。それに操作パネルのところにも、たしかに『ゴーツアン作』と刻まれておったぞ」

「ぐ……！ ぐぬうっ⁉ そ、それは……！」

「そうだ！ 悪あがきはよせ、ゴーツアン！ さっさと己の罪を認めたらどうだ！」

気づくと、ブレイバンも一緒になってゴーツアンを責めたてている。

ブレイバンは『勇者バーベキューマシン』が爆発した瞬間、誰よりも焦っていた。

そして、こう決断するに至る。


――この無能大臣は、さっさと切り捨てないと、こっちの身がヤバい……！


と……！

勇者からも見捨てられ、とうとう孤立無援となってしまったゴーツアン。

しかし彼はあきらめなかった。

唯一の取り柄ともいえるあきらめの悪さで、悪巧みに長けた頭脳をフル回転させる。

そしてついに、頭上に黒い電球を灯《とも》すことに成功。

彼の脳内では、ビコーン！ と濁った音が響き渡っていた。

「じ、実は……！ これはブレイバン様のご指示だったのです！ 『勇者バーベキュー』では、誰かを火だるまにするドッキリを仕掛けるのが普通だったそうで！ スイッチを入れたときに、ランダムで火が噴き出る仕掛けを組み込むようにと、仰せつかっておったのです！」

「なっ……なにぃぃぃぃぃぃぃぃぃぃぃぃぃぃぃぃぃ――――――っ!?!?」

テロリストの汚名を着せられたゴーツアン。

言い逃れの言葉を探していた彼は、酒の席でブレイバンが言っていたあることを思い出した。

「魔王討伐のときは、毎日のようにバーベキューをやったなぁ。そのときについでに、ユニバスに火を付ける遊びってのもやってたんだ。尻に火が付いたウサギみたいに逃げ回るヤツを見ながら、食う肉はサイコーだったぜぇ！」

その一言がヒントなって、ゴーツアンは起死回生の一手を思いつく。

それはなんと、勇者への罪のバトンタッチ……！

ブレイバンは貧乏神をなすりつけられたように啞然となっていたが、すぐに暴れザルのように顔を真っ赤にしてゴーツアンに飛びかかっていく。

「ぶっ……無礼者ぉぉぉぉぉぉ――――っ！　今すぐ貴様を手打ちに……！」

しかしゴーツアンはブレイバンをガッと抱き寄せると、耳元で鋭くささやいた。

「落ち着いてください、ブレイバン様！　もしここで私をテロリストとして裁いてしまったら、ブレイバン様もタダではすみませんぞ！　このゴーツアンを裁いたあとは、きっとブレイバン様の任命責任に及ぶはずです！　それにこれは最初から、このゴーツアンが考えた、ワースワンプ国王とより親しくなるための作戦だったのです！」

「なっ……!?　作戦、だとぉ……!?」

「そうです、これは『バーベキューでうぇーい作戦』です！　ワースワンプ国王は、お歳のわりに妙に若者ぶっているところがあります！　あの派手な格好と、バーベキューが好きという時点で明白でしょう！　ですからここは、若者特有のドッキリで乗り切るのです！　若者ぶったあの国王なら、そう言えば逆に喜んでくれるでしょう！　ピンチをチャンスに変えるのです、ブレイバン様！」

「な、なるほど……！」

それはブレイバンにとって、天からの啓示ともいえるささやきであった。

傍《はた》から見れば、狡猾《こうかつ》なクズが低脳なクズをそそのかしているだけにすぎない。

悪魔のささやきどころか、ただのクズ同士の足の引っ張り合いにすぎなかった。

しかし次の瞬間、ブレイバンの態度は一変。

「うぇーい！　最新流行のドッキリ、『人間バーベキュー』大成功～っ！」

「うぇーい！　バーベキューといえば花火ですけど、それってもう古いですよねぇ～！」

「うぇーい！　そうそう！　近頃の若者は『人間バーベキュー』一択っしょ！」

「うぇーい！　流行に敏感なワースワンプの国王だったら、すでにご存じですよねぇ～！」

クズふたりは、やたらと説明的なセリフとともに、パーン！　とお互いの両手を合わせて打ち鳴らす。

そして肩を組みながら、ワースワンプの国王にもハイタッチを求めたのだが……。

ワースワンプの国王は、バーベキュー後に残された河原のゴミを見るかのような目で、ふたりを見据えていた。

「他人を傷付けても謝りもしないどころか、それどころか遊び半分で火を付けるなどとは……。まさか世界を救った勇者と、世界最高の魔導装置の技術者が、ここまで俗悪だとは思わなかったぞ……。この、クズどもがっ……！」

一喝され、クズ勇者とクズ大臣は「ヒイッ!?」と抱き合う。

それは悪ふざけがすぎ、コワモテのオヤジに叱られた若者のようであった。

「今日の食事会では、我が国に逃げ込んだユニバスの逮捕協力と、勇者バーベキュー場の拡充について話し合うつもりであったが……。それらはすべてなかったことにさせてもらおう」

ワースワンプ国王はそそくさと背を向ける。

ブレイバンとゴーツアンは「ま……待って……！」とすがろうとするが、まさしくクズのように払いのけられてしまった。

「この国との同盟関係についても、今一度見直さねばならぬかもしれんな」

去り際にトドメの一言を浴びせられ、クズコンビはへなへなと崩れ落ちる。

『勇者祭』における最初の食事会は、『大』が付くほどの……。

いいや、『超』が付くほどの失敗に終わってしまった。

ブレイバンは戦慄する。

このあとフーリッシュ国王に呼び出され、こっぴどく叱られるのは目に見えていたから。

その怒りの矛先は、当然のようにクズ仲間に向けられた。

「こっ、この無礼者ぉぉぉぉぉぉぉぉ――っ!!　我が国は今、精霊国との同盟を保っているのもやっとなのだぞ!?　それなのに人間の国、しかも重要な隣国との関係に、ヒビを入れるだなんて……！」

「ひっ……ひいいっ！　お許しください！　ブレイバン様ぁぁぁぁ――――っ!?!?」

「やはり貴様をあのとき、テロリストとして手打ちにしておけばよかった！　死ねっ！　死ね死ね死ね死ね死ねっ！　死ねぇぇぇぇぇ――――っ!!」

ブレイバンから本気で首を掴まれ、「クケェーッ!?」と絞められるニワトリのような悲鳴をあげるゴーツアン。

顔がどんどん紫色になっていき、口の端から泡を吹き始めたところで、ようやく周囲にいる者の手によって止められた。

ブレイバンは、肩でぜいぜい息をしながら吐き捨てる。

「はぁ、はぁ、はぁ……！　本来であれば貴様など、とっくの昔にクビだ……！　だが今は『勇者祭』の真っ最中だから、クビを切ることはできん……！」

国を挙げて祝うほどの記念すべき出来事があった場合、囚人には恩赦が与えられ、死刑囚の死刑執行は延期となる。

『クビを切る』というのは祭りにふさわしくないためであるが、縁起を担いで労働者の解雇なども自粛するのが通例となっていた。

ゴーツアンは首の皮一枚で繋がった格好となったかに思われたが、続けざまに非情なる通告がなされる。

「だからといって『勇者祭』のあいだ、なにも沙汰を下さないのは俺様の気がおさまらん……！　だから貴様は『降格』だ……！　魔導装置の部署の主任……！　いや、副主任となって、大人しくしているがいいっ……！　大臣の座には、ユニバスを座らせる……！　精霊大臣たちとも、そう約束したからな……！」

「そっ……そんなぁぁぁぁぁぁぁぁぁぁぁぁぁぁ～～～～～っ⁉⁉」

なんとゴーツアン、二階級特進ならぬ、前代未聞の二階級特退……！

◆◆◆

精霊姫との精婚式に続き、人間の国王との食事会までおじゃんになってしまった。

その責任を問われたゴーツアンは、めでたい『勇者祭』の期間中だというのに降格を言い渡されてしまう。

しかも一ランクダウンの主任ではなく、二ランクダウンの副主任。

これは今まで、口八丁で自分の失敗を他人になすりつけ、手八丁で他人の功績を横取りしてきたゴーツアンの、初めての敗北であった。

バーベキュー会場である河原を追い出された彼は、失意のまま王都へと戻る。

どこもお祝いムードで賑やかな城下町を、職を失ったばかりのようにフラフラとさまよい歩く。

それは服装こそ違えど、かつてクビになったユニバスとソックリだったという。

しかし、ゴーツアンには絶望しているヒマなどない。

なにせ彼には愛する家族がいるのだ。

息子はゴーツアンのことを心から尊敬しており、「大きくなったらパパみたいな魔導装置の技術者になる！」と胸を張っているほど。

しかし、親バカ補正を差し引いてみても、息子のオツムはいまいちだったので、名門小学校に裏口入学させるつもりでいた。

そして裏口から入るためには、家柄や収入がなによりも問われる。

今ここで副主任に降格したとわかれば、門前払いをくらってしまうかもしれない。

だからこそゴーツアンは、固く口を閉ざすことに決めた。

「降格させられたことは、黙っていよう」と……！

今は『勇者祭』の真っ最中なので、王国の人事発令などは行われない。

そのためゴーツアンが自分からバラさなければ、降格したことはバレることはない。

そしてなによりも、魔導装置の部署の部下たちに知られることだけは避けたかった。

なぜならば、この国において二ランクダウンというのは前例がなく、ありえないほどの恥さらし。

たとえ副主任という役付きの立場だったとしても、部下たちに死ぬほどナメられてしまうのは間違いないからだ。

ゴーツアンはまた決意を新たにする。


――『勇者祭』の期間中は、副主任に降格したことを隠し通し……。

次の人事発令までに、なんとしても大臣に返り咲けるだけの活躍をしなくては……！

私自身……そして、妻や子供のためにも……！


そう考えると、自然と背筋が伸びてくる。

ゴーツアンはシャキッとした気持ちと姿勢で、王城へと戻った。

仕事をするために、城内にある自分の執務室に向かう。

しかし部屋の扉は開いていて、中からは賑やかな声が漏れ聞こえてきた。

不審に思って部屋を覗き込んでみると、室内にあるゴーツアンの机のまわりには、部下たちが集まっている。

そして椅子のところには、信じられないものが鎮座していた。

それは、魔導人形。

顔のところにはなんと、ユニバスの真写が貼られている。

そう。部下たちはすでに、ユニバスが大臣になるという噂を聞きつけており……。

『代理ユニバス』を作り上げ、おべんちゃらの練習をしていたのだ……！

「いやあ、大臣就任おめでとうございます、ユニバス様！」

「私はずっとユニバス様が大臣になると信じておりました！」

「そうそう、前のゴーツアンなんて、ぜんぜん大臣の器じゃなかったですから！」

好き勝手なことを言う部下たちに、ゴーツアンは怒りの踏み込みを決行。

「お前ら、人の席にゴミを置いてなにをやっているんだ!?」

しかし部下たちは悪びれもしない。

彼らはニヤニヤと顔を見合わせて、こう言った。

「おやぁ？　ゴーツアン『副主任』じゃないですかぁ……！」

「なっ……なぜそれを……!?」と目を剝くゴーツアン。

「食事会にいた聖女に聞いたんですよぉ。食事会でやらかして、降格になったんですってねぇ？」

「あらあら、その態度のデカさだと、バレてないと思ってたようですねぇ！」

「相変わらずやることがセコい！　セコいなぁ！」

「あなたが降格になったってことは、ユニバス様が大臣になるのはもう決まったようなものでしょぉ？」

「だからこうして、ユニバス様を迎える練習をしてたんじゃないですかぁ」

ヒラの者たちにからかわれ、ゴーツアンは開き直る。

「だ……だからなんだというのだ⁉　それでもお前たちの上司だぞっ！　こんなことをして、ただですむと……」

不意に背後から「ケッパレ！」とかけ声がしたかと思うと、

……ガンッ！


ゴーツアンの尻が蹴り上げられ、激痛のあまり「ぎゃん⁉」と飛び上がる。

半泣きで振り向くと、そこにはかつてのライバルが立っていた。

「お……お前は、主任のアパーレ⁉」

「ケッパレ！　呼び捨てはよくないよ、ゴーツアン君！　上司に対する態度がなってないねぇ、ケッパレ！」

続けざまに股間を蹴り上げられ、「ふぎゃあっ！」と飛び上がるゴーツアン。

内股で股間を押さえながら、アパーレを睨みつける。

「ぐぐっ……！　お……覚えてろよっ！　まずは主任に返り咲いたあとで、倍にして……！」

「アッパレ！　その心意気やよし！　でもケッパレ！　それはありえないなぁ！　だってキミはさんざん、ユニバス様をいじめてただろぉ？　そんなユニバス様が、キミを主任に昇格させると思うかい？」

「そ、それは……！　お前だってそうだろう！　それどころか、みんなしてユニバスをいじめてたじゃないか！」

「そうだったかなぁ？　まぁいずれにしても、筆頭はキミ、ゴーツアンだったじゃないか。だから僕たちは話し合って、キミひとりをいじめ抜くことに決めたんだよ。ユニバス様が大臣になられたとき、キミがズタボロになっていたら、きっとお喜びになるだろうからねぇ！　そうなれば、僕たちのイジメの過去も帳消しになるって寸法さ！　キミの言葉を借りるとするなら、『ごっつぁん！』ってヤツかな？　ははっ！」

「ぐっ……ぐぅううううう――――――――――――――っ⁉」

「自分の立場がわかったか！　ならさっさと、下水道にある魔導装置の整備をするんだ、この無能がっ！　これからは、臭くて汚くてキツい整備を全部押しつけてやるからなっ！　さぁ行けっ、ケッパレっ！」

……ガスッ！

「ぎゃひぃぃいいいいいいいぃ――――――――――――――――――――――んっ⁉⁉」

勇者ブレイバンとの食事会を、途中で退席したワースワンプ国王。

彼は馬車に乗り込むと、護衛の馬車に護《まも》られながらフーリッシュの王都を出発していた。

本来は『勇者祭』のあいだはこの国に滞在する予定であったが、もはやその予定すらもキャンセル。

こんな不快な思いをさせられた国など、今は一時ですらいたくないと怒りも露わ。

いつもより風景が速く流れる馬車の中で、熱せられたヤカンのようにカッカと熱くなっていた。


——まったく、ワシは勇者ブレイバンを尊敬し、彼のバーベキュー場を普及させたというのに……。

まさか、あんなならず者のような考えの男だったとは……！

ああ……！　勇者の質も、地に落ちたものだ……！


ワースワンプ国王が怒ったり嘆いたりしているうちに、馬車は国境へと入る。

丘を越えた先に検問があるのだが、そこには連絡を受けていた数千人の兵士たちが待ち構えていた。

彼らはユニバスのときとは違って力ずくで止めるようなことはせず、一斉土下座。

その隊列は、丘の上から見ると人文字になっており、

『すべてはユニバスがわるいのです　どうかおもどりください』

と読める。

なんとも壮大なパフォーマンスであった。

しかし、これがさらにワースワンプ国王の逆鱗《げきりん》に触れてしまう。

なにせ他人にやらせているうえに、この期に及んでもなお謝罪の文字が含まれていないからだ。

国王は怒りの強行突破を指示し、地に伏した兵士たちを蹴散らすようにして越境。

このときすでに国王は、ある決意を固めていた。


――国策として『勇者のバーベキュー場』を推進してきたが、それも今日で終わりだ……！

あのならず者に思い知らせてやるために、縮小してやるっ……！


『勇者のバーベキュー場』というのは、勇者を前面に押し出したバーベキュー場のこと。

勇者の真写などを宣材に使ってよいかわりに、売上の数パーセントがブレイバンの懐に入る仕組みとなっている。

特にワースワンプ王国は、『勇者のバーベキュー場』の数ではトップクラス。

これもすべて、国王が勇者に敬意を払っていた証拠であった。

しかしその敬意は、もはや音をたてて崩れ去ろうとしている。

国王はさっそく最初の大ナタを振るうべく、あるバーベキュー場へと向かうよう指示した。

そのバーベキュー場は他でもない、ロークワット湖。

到着するなり国王は馬車を飛び出し、バーベキュー場の入口にいる、小太りの中年男に詰め寄った。

「そなたが管理人であるな!? 今すぐここにある勇者の看板を撤去せよ！ ひとつ残らずすべてだ！」

「は、はぁ……。もう撤去済みですが……」

「えっ」

豆鉄砲をくらったハトのように、キョトンと上を見上げる国王。

目の前には巨大な看板がそびえていたのだが、そこに描かれていたのはあの、いまいましい勇者ではなかった。

まったく見知らぬひとりの男と、よく見知ったひとりの美少女……！

「な……!? なんだ、この男は!? しかも、隣にいるのはティフォン殿ではないか!?」

そう口にして、国王はハッとなる。

「まさかこの男、『ユニバス』か……!?」

管理人は納得した様子で頷いた。

「おおっ、私は存じ上げませんでしたが、国王はご存じでしたか！ となるとやっぱり、この方は名だたる者なのでしょう!? なにせこのバーベキュー場にお見えになって、たったの数時間でいくつもの伝説を残していかれましたから！」

「で……伝説、だと……!?」

『伝説』というのは、そう軽々しく口にしてよい言葉ではない。

なぜならば『伝説』というのは勇者のみが作れるもので、国王ですら難しいこととされているからだ。

しかし管理人をはじめとする、『湖の男』たちから熱く語られたのは、まさに『伝説』であった。

「ユニバス様はバーベキューを楽しまれていたのですが、それが輸入モノの食材でも、とんでもなくおいしく調理されたのです！」

「しかもそれだけではありません！　ユニバス様はいともたやすく巨大なモーサンを獲り、世界記録を打ち立てたのです！」

「それと、驚かないでくださいよ！　それまで一位だったブレイバン様の記録はなんと、ユニバス様の手柄を横取りしたものだったのです！」

それは衝撃の事実であったが、国王はさして驚きもしない。

「あの勇者ならやりかねんな」とむしろ納得する。

ロークワット湖にいた者たちは、男も女もユニバスに心酔しているようだった。

誰もがユニバスの話になると瞳孔開きっぱなしで、もはや宗教じみている。

しかし国王はそう簡単には感化されなかった。

「皆の者、落ち着くのだ。ユニバスがすごい男だというのはわかった。だがあやつは、風の精霊姫であるティフォン殿をさらった大悪人なのだぞ」

「えっ⁉　ユニバス様と一緒におられたのは精霊姫様だったのですか⁉　しかも、ユニバス様にさらわれている最中だった⁉　そんなバカな！　精霊姫様とは恋人どうしみたいにアツアツでしたよ！」

「そうそう、我々がユニバス様をバカにしたら、まるで自分のことみたいに怒りだして！　我々をこっぴどく叱ったんですよ！」

「誰かのためにあんなに怒れるなんて、その人のことをよっぽど愛してないとできません！　あたし、羨ましいって思っちゃいました！　あんなに誰かを好きになれたらなぁ、って！」

誰一人として、ユニバスのことを悪く言う者はいない。

国王はとてもではないが信じられなかった。

きっとユニバスは超がつくほどの極悪人で、ここにいる者たちはその凶悪さに怯《おび》えているだけなのだろう。

看板に描かれているティフォンは笑顔であるが、それも脅して描かせたのだろうと思っていた。

しかしついに、決定的証拠が突きつけられる。

それは、ユニバスが『ブレイブモーサン』あらため、『ユニバスモーサン』を抱えている真写。

ユニバス自身は浮かない顔をしているのだが、隣で一緒にモーサンを抱えているティフォンは……。

ハネムーンの最中のフォトグラフのような、これ以上の幸せはない、はちきれんばかりの笑顔を浮かべていたのだ。

それは、ならずもの勇者の狼藉《ろうぜき》によってささくれ立っていた国王の心ですら、ほっこりさせてしまうほどの素敵スマイル。

そしてその事実に気づいた途端、国王は驚嘆した。

「お……おおっ……!? 私が知るティフォン殿は、ずっと暗く沈んだ顔をしていたというのに……。その憂いに満ちていた姫を、ここまでの笑顔にするとは……。ユニバスという男は、いったい何者なのだ……?」


俺とティフォンは、水の精霊の国『コンコントワレ』を目指して旅を続ける。

俺は御者席に座っていて、街道にひたすら馬車を走らせていた。

やっていることは勇者パーティにいた頃と変わりないのだが、天と地ほどの差がある。

それは、隣に精霊姫であるティフォンが座っているということ。

普通、お姫様というのは馬車の中で優雅に寛《くつろ》ぐもので、御者席に座るなんてありえないことだ。

俺は彼女に「ここじゃ退屈だろうから、馬車の中に入ってたらどうだ?」と言ってやった。

すると彼女は風の精霊の特徴である耳を、柳眉とともにピンと逆立てる。

「ええっ⁉ なにを言ってるの⁉ ユニバスくんのそばにいる以上に楽しいことなんてないよ⁉ それともわたし、うるさかった⁉」

彼女はまるで魔導録音機のように、隣でずっとしゃべりっぱなしだった。

「いいや、おかげで俺は退屈せずにすんでるよ。でもそんなにしゃべってたら、喉が枯れるんじゃないか?」

するとティフォンは、指摘されて気づいたように喉に手を当てる。

「そういえば喉が渇いたかも! あ、そうそう! そういえばずっと気になってたんだけど、このワースワンプって湖とか池がたくさんあるよね? それって飲めるの?」

「全部というわけじゃないが、多くが飲めるみたいだ。中でも泉の精霊がいる池の水は、浄められてて飲むと力が湧いてくるんだ」

「あ、それ知ってる! 勇者も魔王討伐の旅の途中で、この国にある泉の水を飲んでパワーアップしたんだよね⁉ ユニバスくんも飲んだの⁉ どんな味だった⁉ おいしかった⁉」

「いや、俺は飲ませてもらえなかった」

「えーっ、なにそれ⁉　それじゃ飲もうよ！　せっかくここまで来たんだし！　わたしも飲んでみたい！」

「うーん、それじゃ、この先に勇者が立ち寄った『泉の精霊院』があるから行ってみるとするか」

「やったーっ！　いくいくーっ！　泉でいい水を飲もーっ！」

『精霊院』というのは精霊を祀る施設のこと。同じく精霊を祀る『聖堂』の一種で、『聖母』と呼ばれる人物が管理している。

『聖堂』と『精霊院』の違いはよくわからないのだが、『精霊院』の多くは風光明媚な場所にあるそうだ。

『泉の精霊院』も例外ではなく、森に囲まれた丘の上にあり、外からではあまり目立たない。

そのため前回来たときは、たどり着くのにかなり苦労した。

今回も苦労させられるかと思ったのだが、そんなことはなかった。

なぜならば、丘の上からにょっきりと勇者の石像が飛び出ていたからだ。

「うわあっ、なにあの石像っ⁉　イドオンの村にあったのよりずっと大きくて、ずっと悪趣味だよ！」

ティフォンは酷評していたが、たしかに周囲を威圧するほどの存在感を放つ勇者像は、自然も景観も台無しにしていた。

俺は、不審に思う。

『泉の精霊院』にいる聖母は、あんな像を建てるような人じゃなかったのに……。

そう思いながらも、あぜ道を登って丘の上まで行ってみる。

『泉の精霊院』は、昔ながらのこぢんまりとした佇まいでそこにあった。

しかしその隣には、勇者像に負けず劣らずなほどに、悪趣味さ全開のハデハデな大聖堂が。

デカデカとした看板には、『本家・泉の大聖堂　※ニセモノにご注意ください』とある。

本家を名乗っている大聖堂は、多くの人手を使い、あたりの森を現在進行形で乱開発していた。

ひとつの丘に、精霊院と大聖堂が混在している。

その事情はよくわからなかったが、とりあえず俺たちは精霊院のほうを訪ねてみることにした。

精霊院は多くの聖女たちがいたのだが、今はがらんとしている。

出迎えてくれたのは、以前と同じ上品な聖母だった。

彼女は、俺たちが久々の来客なのか喜んでいたが、相手が俺だとわかるとあからさまに顔を曇らせる。

「おや、あなたは……。よくまたここに顔を出せたものですね。なんの御用ですか？」

「あ……あの……」と俺が口ごもっていると、ティフォンがシュバッと手をあげる。

「泉の水を飲ませてもらいに来ました！」

「そうですか。来る者は拒まず。それがこの精霊院のモットーです。ただしユニバスさん、もう精霊たちに乱暴するのはやめてくださいね」

「ええっ⁉　ユニバスくんが精霊に乱暴⁉　そんなことするわけないよ！」

「まあ、ユニバスさんのせいで泉の精霊はみんないなくなってしまったので、もう乱暴もできないのですけどね」

素っ気ない聖母から、精霊院の裏手にある泉に案内される。

そこは、ハムスターが遊びそうな木製の遊具施設があり、金や銀の折り紙で飾られていた。

チープながらも一生懸命楽しそうな雰囲気を醸し出そうとしているようだが、そこには精霊の姿はない。

おかげで泉の水は淀んでおり、毒々しい色になっていた。

聖母は悲しげに目を伏せる。

「お飲みになるのは自由ですが、お身体を壊すのでオススメしません」

ティフォンはガーンと音が聞こえてきそうなくらいにショックを受けていた。

「うわぁ、想像してたのと全然違う!? せっかく喉が渇いてるのを我慢して、ここまで来たのに！」

「怨《うら》むのであれば、そちらにおられるユニバスさんを怨んでください。ユニバスさんはかつて勇者パーティの一員としてここを訪れ、泉の精霊たちに狼藉を働いたのです。その様子を目撃した勇者様の証言によりますと、ユニバスさんは精霊たちを捕まえて磔《はりつけ》にして、ダーツの的にしていたそうです。それ以来、この泉には精霊たちが近寄らなくなり、泉はこのように荒れてしまいました」

聖母は遠い目をして、離れた場所にある真新しい大聖堂を見やる。

「私はありとあらゆる手を尽くし、この泉に精霊たちを呼び戻そうとしましたが、うまくいきませんでした。そのせいで、私も聖女たちに愛想を尽かされてしまい……。あるひとりの聖女が独立し、隣に大聖堂を建てて泉を作り、『泉の大聖堂』を名乗りはじめたのです」

彼女は悲しげに両手で顔を覆う。

「これも、これもすべて、ユニバスさんがいらっしゃらなければ……！」

それは誤解だったのだが、俺は言い返すこともできない。

ティフォンは俺が弁明できない状態にあると知っていたので、「それって誤解だと思うよ」とかわりに言ってくれた。

「な……なにが誤解だというのですか！　泉の精霊たちは臆病ですから、どこか別の泉へと行ってしまったのです！　でももしかしたら、ひとりくらいはまた戻ってきてくれるかと思い、希望を捨てずにがんばってきたのです！　しかし、それももう終わりです！　ユニバスさんが再びお越しになったせいで、精霊たちはもう……！　この丘からも、引っ越してしまったに違いありませんっ！」

……バッ！

と顔をあげる聖母。

その瞳は涙に濡れ、怒りに満ちていた。

しかし俺の姿を目に映した途端、点になってしまう。

なぜならば俺はこのとき、手のひらサイズの精霊たちにびっしりと抱きつかれ、息もロクにできないほどになっていたからだ。

「えっ……えええええええええええええ――――――――っ!?!?」

泉の精霊まみれになっている俺を見たとたん、聖母は絶叫する。

俺の身体に張り付いている精霊たちは、ビクッとなった。

「えっえっえっ⁉　えっえっえっえっえっ、えええっ⁉⁉」

聖母は信じられない光景に呼吸困難になり、えづくような言葉を繰り返しながら、何度も目を擦っては俺を見ている。

「ひぐっ⁉　そそっ、そんな⁉　ずずっ、ずっと泉の精霊たちは姿も形もなかったのに⁉　はうぅっ⁉　なんで、なんでなんでなんでっ、なんでぇぇぇぇぇぇぇぇ――――っ⁉⁉」

彼女は目をグルグル回しながら、バターンと倒れてしまった。

泉の精霊たちはビックリして逃げ去ってしまう。

普段は人間よりも精霊のほうを大事にする俺ではあるが、今はそれどころじゃなかった。

聖母がとうとう、口から泡をブクブク吹き始めたからだ。

「おおっ、お、おい！　大丈夫か⁉」「わあっ、大丈夫⁉」

俺とティフォンは同時に駆け寄り、聖母の身体を抱き起こす。

彼女はショックで引きつけを起こしているだけで、命に別状はなさそうだった。

でもこのまま外で寝かせておくわけにもいかなかったので、精霊院の中に連れていく。

俺がお姫様抱っこで運んでいると、ティフォンが妙なことを言っていた。

「そっか……気絶したら、抱っこしてもらえるのか……」

精霊院は、かつて多くの聖女たちが暮らしていた。

寝室にはいくつもベッドが並んでいたのだが、ベッドメイクされているのは奥にあるひとつだけ。

そこに寝かせると、聖母はうんうん唸り始める。

「うぅん……い、いかないで……みんな……戻って……きて……。もう……ひとりぼっちは……いや、なんですぅ……」

それから彼女はずっとうなされ続けていた。

ほっといて帰るわけにもいかなかったので、俺とティフォンで付きっきりで看病。

聖母は熱を出しているのか汗びっしょりになっていたが、ティフォンが涼しい風を送ってやると、次第に熱も下がり、安らかな寝顔になっていった。

聖母が次に目を覚ましたのは、日も暮れかけた頃。

彼女はまだ夢の中にいるような、ぼんやりとした瞳で身体を起こす。

「……不思議な夢を見ました。ユニバスさんが泉の精霊たちに懐かれている夢です」

「それ、夢じゃないよ」とティフォンが言うと、聖母は「そうだといいですね」と力なく笑う。

「たとえ夢の中だったとしても、ユニバスさんが泉の精霊たちに許されたのであれば、こんなに嬉しいことはありません」

聖母はゆっくりと俺に視線を向ける。

見捨てたような素っ気なさと、張りつめたような厳しさはなくなり、昔のやさしい彼女の瞳だった。

「さっきはごめんなさい、ユニバスさん。つい取り乱してしまい、酷いことを言ってしまいました」

彼女は、泉の精霊と聖女仲間を失い、ずっとひとりぼっちで心細かったんだろう。

その原因を作ったと誤解している俺と再会して、取り乱すなというのが無理な話だ。

しかし俺は相手が人間だと緊張して、慰めの言葉すらも思いつかない。

「あ、いや……」と言葉を濁すので精いっぱいだった。

「今日はもう遅いので、おふたりとも泊まっていってください。たいしたもてなしもできませんが」

聖母がそう言ってくれたのと、俺はここでやっておきたいことがあったので、お言葉に甘えることにした。


その日の真夜中、俺はベッドから起き出す。

隣のベッドで寝ているティフォンと聖母を起こさないように、そーっと寝室を抜け出した。

向かった先は、裏庭の泉。

金紙や銀紙で作られた飾り付けが風で揺れるたび、月明かりに反射してキラキラと輝いていた。

人間であれば、誰もが喜ぶであろう美しき光景。

しかし俺は作業服を袖まくりすると、その飾り付けをむしり取る。

聖母の前でやると、またあらぬ誤解を受けそうだったから、寝静まるまで待ってたんだ。

泉にあった人工の光りモノを一部除去したあと、俺は近くの岩に腰掛けてひと休みする。

飾りを全部取り除くとなると、だいぶかかりそうだ。

朝までに終わるかなぁ……。

なんてぼやいていると、泉にある鳥の巣箱のような小さな家に、精霊の気配を感じた。

見ると、丸い穴の向こうから、雛鳥《ひなどり》のような泉の精霊がじっと俺を見ている。

俺は巣箱に向かって手をさしのべた。

「キミは、最近生まれた精霊だな。そうか、巣箱の前にキラキラがあったから、怖くて外に出られずに、ずっと閉じ込められてたんだな。もう大丈夫だから、こっちへおいで」

しかし彼女は俺のひとさし指をちっちゃな両手で掴むと、ガブリと噛みついてきた。

怯えている精霊というのは時に攻撃的になる。

しかし痛いからといってここで手を払いのけたりしたら、精霊はもっと怯える。

俺はされるがままになった。

幼い泉の精霊は、子猫のようにシャーシャーと威嚇しながら、俺の指をガブガブ噛み続けている。

しばらくして彼女は我に返ったのか、ハッと泣きそうな顔で俺を見上げた。

「落ち着いたか？　安心しろ、俺は敵じゃない」

すると、幼い泉の精霊は「とんでもないことをしてしまった！」と、必死になって俺の指をペロペロしてくれた。

ひと舐めされるたびに、指先の傷が癒えていく。

「これで許して？」と上目遣いで見上げる彼女。

「俺は怒っちゃいないよ。それよりも、キミと友達になりたいんだ」

すると泉の精霊は、パァァ……！　と花が咲くような笑顔になった。

「どうぞ、お姫様」とエスコートすると、彼女は「んしょ」と俺の手のひらの上に乗る。

気がつくと、俺のまわりにはホタルのようにぼんやりと光る、泉の精霊たちが集まってきていた。

包囲網を狭めるかのように、じりじりと迫ってきていたので、俺はいちおう断っておくことにする。

「再会したのがいくら嬉しいからって、昼間みたいなことはやめてくれよ。順番だ、ひとりずつ順番に俺のところに来てくれ」

するとホタルのような精霊たちはシュバッと動き、俺の前に光の列を作った。

「じゃあ、五……いや、一〇人ずつ来てくれるか」と言うと、ぴったり一〇個の光が俺の身体にぴとっとひっつく。

俺はこのとき、泉の精霊たちと戯れるのに夢中で気づかなかった。

そばにある精霊院の建物の窓から、石のように硬直している人物が見ていることを。

「う……うそ……。い、泉の精霊たちが、戻ってきてる……⁉　それも、大嫌いなはずのユニバスさんに、あんなに懐いてるだなんて……⁉　ゆ……夢に見たのは……ゆ、夢じゃ、なかったの……⁉」

「だから夢じゃないって言ったじゃない」

「あっ……ユニバスさんのお連れの方、起きてらしたんですね」

「ユニバスくんはねぇ、精霊にとってもやさしいんだよ！　だから精霊はみーんな、ユニバスくんのことが大好きなんだ！」

「そうなのですか？　そういえばあなたも風の精霊でしたね」

「うん！　あ、そういえばまだ名前を言ってなかったよね。ティフォンだよ、よろしく！」

「えっ？　ティフォン？　もしかして、風の精霊姫様の……？」

「あっ、わたしのこと知ってるの？　そうだよ、そのティフォンだよ」

「えっ……えぇぇぇぇぇぇぇぇぇぇぇぇ――――っ⁉⁉」

突然、精霊院から絶叫がしたので俺はビクリとなる。

窓のほうを見やるとそこには、Wピースを振りまくティフォンと、またしても目をグルグル回している聖母がいた。

窓越しの聖母は、夜の森に絶叫を轟かせたあと、またしてもブッ倒れる。

前回はドミノのように全身を硬直させたまま後ろに倒れていたのだが、今回は前のめりになって。

俺はマズいと思いつつ、岩を飛び降りて精霊院へと戻る。

しかし俺がまたいなくなってしまうと思ったのか、泉の精霊たちは列を崩し、一斉に俺に張り付いてきた。

俺はまたしても、ミツバチに懐かれた養蜂家のような状態になってしまう。

しかし今は聖母のほうが心配だったので、その姿のまま裏口から飛び込んだ。

すると月明かりの廊下には、「ありゃ?」という顔をしているティフォンと、彼女に向かって土下座をする聖母がいた。

精霊を祀っている聖堂や精霊院、そして村などは精霊を特に敬っている。

世間的には『人間のほうが精霊よりも格上』という風潮があるが、厳密には細かいヒエラルキーがあって、それは以下のような順列となっていた。

①人間の国王
②最高位の賢者・最高位の聖女・最高位の剣聖
③勇者パーティ
④人間の王族
⑤精霊王
⑥精霊の王族（ティフォンなど）
⑦人間の有力者（ゴーツアンなど）

⑧力のある精霊（イドオンなど）
⑨人間の一般市民（ユニバスなど）
⑩人間の罪人
⑪人間の奴隷
⑫その他すべての精霊

力関係や個人の信条などによって、ランクについては多少の前後はあるが、おおむねこのとおりである。

しかし絶対不変の順位とされているのが、『⑫』の精霊たち。

世界に存在する精霊の大部分がこのカテゴリに属しているため、『人間のほうが精霊よりも格上』というイメージを形成する要因にもなっていた。

そして『精霊王』は、人間の国王よりも遥かに強大なる力を持っているが、精霊王はみな専守防衛を貫いており、領土を拡大することがないのでこの地位となっている。

言い換えれば、『ナメられている』ということ。

話が少し長くなってしまったが、ようは『泉の精霊院』の聖母は、ティフォンのことをとても尊敬しているということだ。

聖母は額をガンガン廊下に打ち付けながら叫んでいる。

「まっ……まさかあなた様がティフォン様とは存じ上げず、大変失礼いたしましたぁ――――っ!!」

全身全霊の五体投地であったが、ティフォンは「気にしないで」と軽く受け流す。

それよりも精霊のお姫様は、乱入してきた俺のほうに興味があるようで、

「わあっ！　泉の精霊さんたちがいっぱい！　さっきは挨拶できなかったから、会えて嬉しいな！　わたしティフォン！　あなたたちもやっぱりユニバスくんのことが大好きなんだね！　わたしもだよっ！」

と、俺ごと泉の精霊たちをまとめてハグする。

それを見ていた聖母は、またしても目を擦りまくっていた。

「う……うそ、うそでしょ⁉　なんでユニバスさんが、風の精霊姫様と泉の精霊たちに、こんなに好かれているのっ⁉　いいっ、泉の精霊は絶対に人間には近寄らなくて、虫アミを使わないと捕まえられないのにっ⁉　それなのにっ⁉　あんなに懐いてるだなんて……！　なんでなんで、どうしてっ！　どうしてぇぇぇぇぇぇぇ～～～～～～～～っ⁉⁉」

ウサギのような真っ赤になった目で、またしてもパニック状態になる聖母。

ティフォンや泉の精霊たちは顔を見合わせ「当然だよねぇ」と笑い合っていた。

「ユニバスくんはぶっきらぼうだけど、エーテル体を見るとやさしさが滲《にじ》みでてるんだよ。それが花の香りみたいに漂っていて、気づくと蝶《ちょう》みたいにフラフラ～って吸い寄せられちゃうんだよね」

次の瞬間、聖母は土下座の体勢のままシュバッと、俺の足元に滑ってくる。

「お……お願いです、ユニバスさん！　どうか、どうか……！　わたしに精霊たちに好かれるコツを、教えてくださいっ！　この精霊院に、ふたたび泉の精霊たちを呼び戻したいんですっ‼」

それは、やぶさかではなかった。

しかし、どうしても聞いておきたいことがある。

俺はつっかえる言葉をなんとか絞り出す。

「な、なぜ……?」

もしここで彼女が、金や名誉を欲したのなら、俺は考え直すつもりでいた。

しかし彼女はバッと顔をあげ、迷いなき瞳でこう答えたのだ。

「隣の大聖堂は、この丘にある森をどんどん伐採し、開墾しています！ いずれはこの精霊院も潰して、歓楽街にするつもりのようなのです！ そんなことをしたら、泉の精霊たちはますます行くところがなくなってしまいます！ それをなんとかしたいのです！ でも私ひとりの力では、もはやどうしようもなくて……！ お願いしますっ！」

「わ……わかっ、た……」

俺の言葉はなんとも頼りない。

それを少しでも補いたくて、大きく頷き返した。


というわけで次の日から、『泉の精霊院』に泉の精霊たちを呼び戻すための作業を始める。

まずは、泉の復元から。

ティフォンと聖母も手伝ってくれたのだが、俺は指示を出すときにはティフォンに話しかけるようにして、対人の緊張を和らげた。

「泉の精霊というのは、水以外の反射の光が嫌いなんだ。だから、この飾り付けを全部取り払おう」

「そ……そうだったんですね……。私はキラキラしてたほうが、泉の精霊たちは喜んでくれるかと思ってたのに……。この飾りを作るのに、何ヶ月もかかったのに……。まさか、逆効果のことをしてただなんて……」

半日がかりで飾り付けをすべて取り除いたところで、精霊たちは泉に近づけるようになる。

聖母はショックを受けていたものの、言うとおりに飾り付けを剝がしていた。

「ユニバスくん、次は泉の水を奇麗にするの？」

すると俺のかわりに聖母が答える。

「いいえ、それは泉の精霊たちがやってくれます。精霊のいる泉の水は、自然と奇麗になっていくのです。といってもこれだけ汚れているとなると、元通りになるのに一〇年はかかると思います。でも大きな進歩だと思いますので、これから一日一日を、辛抱強く……」

俺は彼女を横目に見ながら、人さし指を天に掲げる。

「それじゃ、俺と一緒に泉を奇麗にして遊びたい者たち、この指、とーまれっ！」

すると泉のまわりを飛び回っていた精霊たちが、一斉に俺の指にまとわりつく。

俺は、ハチの巣のようにもさっと膨れ上がった手を振りかざし、泉に向けた。

「よぉーし、それじゃ、みんなで遊ぼうっ！　それーっ！」

「わーっ!!」と歓声をあげ、トビウオの群れのように濁った泉に飛び込んでいく精霊たち。

水しぶきがあがるたび、廃油のようだった汚水がクリアになっていく。

その様子を、目をぱちくりさせながら眺める聖母。

一〇分もたたないうちに底まで見通せるようになった泉に、もはやおなじみとなりつつある叫喚を響かせていた。

「えっ……えぇぇぇぇぇぇぇぇぇぇぇぇぇぇ――――――――っ⁉⁉」

一〇年かかると言っていた浄化が一〇分で終わってしまったので、聖女は愕然としていた。

膝から崩れ落ち、四つ足になってガックリとうなだれる。

「わ……私はこの精霊院で育ち、泉の精霊のことには誰よりも詳しいつもりでいました。しかし私は精霊たちのことを、なにひとつわかっていなかったのですね……。私は未熟なだけでなく、愚かで、道理に暗い人間だったのです……。そりゃ、泉の精霊たちも愛想を尽かしていなくなりますよね……」

俺はなんだか気の毒になってきたので、慰めの言葉を探す。

しかしその言葉が出てくるよりも早く、ティフォンが聖母の前でしゃがみ込んだ。

「たしかに聖母さんは、わたしたち精霊のことをわかってないかもしれない。でも、わかり合おうとしている気持ちは伝わってくるよ」

「そ、そうですか……？」

「うん。だって聖母さんは精霊たちのことを『ひとり』って数えてたでしょ？ ほとんどの人間は、精霊のことを『一匹』って数えるんだよ。わたしたち精霊にとって、人間と同じように数えてもらえるのって、すっごく嬉しいの。その気持ち、きっといつか泉の精霊さんたちに伝わると思うな」

ティフォンの励ましで、聖母も少しは持ち直したようだ。

「そ、そうだったんですね……！ では私も、いつか先生みたいになれますか……？」

「先生？ もしかしてユニバスくんのこと？ う～ん、そこまでは無理かなぁ。多分じゃなくて、絶対に不可能だと思う」

おいおい、せっかく立ち直りかけてるんだから、そこまで断言しなくても。

それに、絶対に不可能なんてことが、ありえるわけが……。

「だってユニバスくんって、風の精霊姫であるわたしよりも、ずっとずっと風の精霊に人気があるんだよ？」

「ええっ⁉　そうなのですか⁉　やっぱり、先生はとんでもないお方だったのですね！」

「うん！　わたしたちの先生は、めちゃくちゃとんでもない方だよ！」

気づくと励ましていたはずのティフォンが感化されていて、ふたりして俺のことを「先生っ！」と潤んだ瞳で見上げていた。


泉が奇麗になったあとは、泉に設置されている遊具の調整。

ハムスターサイズのそれは、木の精霊ががんばって維持してくれていたようで、俺が作ったときと変わらずに使えた。

しかし、ところどころガタが来ている。

俺は作業服の中に入れてあった十徳ナイフを使い、遊具をバラして整備した。

ティフォンは新しいオモチャを見つけたウサギみたいに、長い耳をぴこぴこさせながら覗き込んでくる。

「へぇぇ、ユニバスくんって木工もできるんだ」

「ああ、それにこの遊具は、俺が以前ここに滞在したときに精霊たちに作ってやったものだ」

隣で聞いていた聖母は、「えっ」となっていた。

「その遊具は、勇者様がお作りになったものではないのですか？　勇者様が、そうおっしゃっていましたけど……」

「ああ、聖母さん、それきっと勇者のウソだよ。ユニバスくんの手柄を、横取りしようとしてたんだよ」

「ええっ、それは本当なのですか？　先生？」

俺は作業の手を止めずに「ま、まぁ……」と頷く。

聖母はすべてを察したかのように、「ああっ⁉」と息を呑んでいた。

「ということは、泉の精霊たちを酷い目に遭わせていたのは勇者様たちだったのですね⁉　勇者パーティの皆様が、先生がおやりになったとおっしゃっていたので、私はつい……！　でもあのとき先生は、たしかに自分ではないとおっしゃっておりましたね！　あまりに挙動不審だったので信じられなかったのですが、まさか本当だったとは……！　も……申し訳ありませんでした！」

聖母はふたたび俺に土下座する。

「あ……頭を、あげて……」

「そうはまいりません！　私はとんでもない過ちを犯してしまいました！　いいえ、私だけでなく、隣の大聖女も……！　ああっ、どうしましょう……⁉」

それはどういうことなのか話を聞いてみたら、聖母は精霊院の奥にある小部屋に俺たちを案内してくれた。

そこには、石膏《せっこう》を彫り出して作った、なんとも微妙な出来の等身大の勇者像があった。

俺はだいぶブサイクだと思ったが、ティフォンは「うわぁ、そっくりー!」と絶賛。

「でもなんで、勇者の像なんか彫ってるの?」

すると聖母は思いつめた様子で語り始めた。

現在、ワースワンプの国王が『勇者祭』のために、隣国のフーリッシュ王国に出掛けているそうだ。

国王はその帰りのついでに、この『泉の精霊院』に立ち寄る予定になっているという。

『泉の精霊院』に泉の精霊がいなければ、この精霊院はお取り潰しになってしまうかもしれない。

そう思った聖母は最後の手段として、勇者の力に頼ることを思いつく。

勇者の像を泉に置けば、泉の精霊たちは戻ってきてくれるかもしれない、と。

そして隣の大聖堂にいる大聖母も同じことを考えていて、あちらは巨大な勇者像を建造中。

ワースワンプ国王が訪れたときに、お互いの像をお披露目し、どっちの像により泉の精霊が集まるか勝負することになっているそうだ。

聖母は真摯な表情で言った。

「泉の精霊がいない現状を、隣の大聖堂もこの精霊院も、これ以上続けるわけにはいかなかったのです。それで勇者様のご威光にすがることにしたのですが……。でも今ならわかります。この像もあちらの像も、決して泉の精霊を集める力などないことが……!」

彼女は頭を抱えて嘆く。

「でも、どうしたらいいのでしょう……!? 像のお披露目はすでに国王には伝達済みで、今更取り消すわけにはまいりません……! でも勇者様の像などを公開してしまっては、泉の精霊たちにまた嫌われてしまいます……！」

「なんだ、そんなことなら簡単だよ」とティフォン。

「今からユニバスくんの像に作り替えればいいんだよ」

「えっ……えぇぇぇぇぇぇぇぇぇぇぇぇぇ――――っ⁉⁉」

おなじみの絶叫であったが、この言葉を発したのは言うまでもなく俺であった。

「そうだ！　そうだよ！　勇者なんかじゃなくって、ユニバス君の像を作ればいいんだよ！」

ティフォンは最初は思いつきで言ったようだが、話しているうちにこれしかないという口調に変わっていく。

しかし、聖母は難色を示していた。

「で、でも……。国王はもうじきお見えになるはずです。今から作り直していては、間に合わないと思います。それに国王には、勇者像をお見せするとお伝えしてあります。それなのに、ユニバスさんの像をお出ししたら、なんと言われてしまうか……」

「聖母さん、それって目的と手段をはき違えてるよ！　目的は勇者像を見せることじゃなくて、泉の精霊さんたちを呼び戻すことなんでしょう⁉　そう考えたら、誰の像を作るのがいちばんなのかは考えるまでもないじゃない！」

「そう言われてみれば、たしかに……」

「今からでもがんばって、最高のユニバスくん像を作ろうよ！　私たちも手伝うから！　それを泉に置いたら、今よりもっと泉の精霊さんたちが戻ってきてくれるって‼　ねっ、みんなもそう思うよね⁉」

ティフォンがそばにいた泉の精霊たちに同意を求めると、「わーっ!」と小さな大歓声が返ってくる。

泉の精霊たちの太鼓判は、なによりもの強力な後押しとなってしまった。

聖母はキリッとした表情で宣言する。

「わ、わかりました! ユニバスさんの像を作りましょう!」

「わーっ! やったーっ! やろうやろうーっ!」

諸手を挙げてやる気をみせる精霊たち。

俺はいちおう言っておいた。

「俺は手伝わないからな」

すると数え切れないほどの精霊たちの目玉が剝き出しになって、俺をギョロリと捉える。

「ええっ⁉ なんで⁉ ユニバスくんはこういうの得意なんでしょ⁉」

「そうだけど、自分の像を作るなんて、恥ずかしくてできるかよ」

「なんで今更恥ずかしがるの⁉ イドオンの村でも像になったじゃない!」

「あれはイドオンが勝手にやっただけだ。精霊たちがやる分にはいいけど、それを俺が手伝うのは、俺自身がノリノリみたいでちょっと……」

「ノリノリになることのなにが悪いの⁉ ユニバスくんのしたことが、みんなに認めてもらえるんだよ⁉ ユニバスくんはすごいことをやってきた人なのに、無欲すぎるんだよ! もっと欲を出さなきゃ!」

ティフォンと泉の精霊に詰め寄られ、俺はウンと言わざるを得ないところまで追いつめられてしまった。

「わかった、手伝うよ。ただしひとつ条件がある。俺が彫るのは身体だけだ。顔はみんなで彫ってくれ」

「うん、それでいいよ！　やったーっ！　みんなで一緒にユニバスくんを作ろーっ！」

どうやらティフォンは、『みんなで一緒に作る』というのにこだわっていたようだ。


それから俺たちは彫りかけの勇者像を壊し、新しい粘土で俺の像を彫る作業を始める。

俺の服装は作業服で、勇者と違ってゴテゴテしてないので、身体の部分を彫るのは楽だった。

俺は自分の担当区分である身体を、一日かけて彫り終える。

そこからは女性陣にバトンタッチして頭部の作成に入ったのだが、これがかなりの難産となった。

なにせ、聖母もティフォンも泉の精霊たちも彫刻は素人。

何度やっても顔のパーツがズレまくり、しかも多面体のサイコロのようにガクガクになってしまう。

身体はリアルなのに、顔だけがキュビズムな像の出来上がりに、女性陣はみな四つ足でうなだれていた。

かなり落ち込んでいるようだったので、俺は慰めの言葉をかけてやる。

「もう、それでいいんじゃないか？　遠目から細目で見れば俺に見えなくもないし」

「こ……こんなんじゃダメだよっ！　こんなんじゃ、わたしの中にある芸術という名の獣は、愛を叫べない！」

「芸術とは、ずいぶん大きく出たな」

「いいこと、ユニバスくん！　石膏彫刻というのは、頭に思い描いているものを彫るんじゃないの！　石膏の中に埋まっているものを彫り出し、世に送り出すものなんだよ！」

「よくわからんが、考え方だけはいっちょまえの芸術家っぽいな」

うまくいかなすぎて迷走を始めているようだったので、俺は助け船を出すことにする。

精霊院の外に停めてある馬車まで行き、トランスの中で留守番している地の精霊たちを抱えあげた。

作業場まで戻り、腕いっぱいのドワーフ小人たちを、作りかけの石膏像に配置する。

「彼らも手伝ってくれるってさ」

俺がそう言うと、ティフォンは青天の霹靂《へきれき》のような表情をしていた。

「そ……そっか！　地の精霊さんたちは、こういう作業が得意だったんだね！」

それからの作業は順調であった。

そしてティフォンはいつの間にか、プロデューサーのような立場になっていた。

サングラスに、両袖を胸のところで結んだカーディガンを羽織り、地の精霊たちにアレコレ指示を出している。

「う～ん、そうじゃないんだよねぇ、鼻はもっとグワーッとしてて、口はもっとプリーンってしてないと。もう一回、彫り直してみて……そうそう、そんなカンジ！」

俺にはよくわからなかったが、精霊どうしで通じ合うところがあるのだろう。

像は着実に完成へと向かっていく。

その途中、俺は聖母にこんなことを相談された。

「あの、先生……。わたし、先生みたいに泉の精霊たちと触れ合ってみたいんです。泉の精霊は、人間が近づくと逃げるのが当たり前だと思っていました。だから彼らの力が必要なときは、虫アミで捕まえていたのですが……。先生は虫アミなんて使わなくても、泉の精霊たちの力を借りています。いったいどうすれば、先生みたいになれるのでしょうか?」

「……かかっ、彼らを……『利用』しなければ、いっ、いいんだ……」

俺は人間と話すのが苦手だったので、ほとんどしどろもどろ。

しかし聖母はバカにすることもなく、真剣な表情で俺の言葉に耳を傾けてくれる。

俺は、彼女にこんなことを諭した。

……人間は精霊を『利用』し、その力で便利に暮らすことを考えている。

それは当然のことだし、精霊たちもそれを喜びとしているから、別にかまわない。

しかし精霊を『利用』するだけの存在だと見なしていると、それ以上の関係にはなれない。

『利用価値』だけで付き合っているような人間に、精霊は決して心を開かない。

自分の欲望を満たすための『部品』じゃなく、一緒になって未来を切り拓《ひら》くための『パートナー』だと思うこと。

嬉しいときは一緒になって喜び、悲しいときは一緒になって泣く。

俺は、一緒にいる精霊たちが笑顔であれば、それでいい。

いつもそう思ってるんだ。

……ふと気づくと、聖母が俺の足元で跪き、潤んだ瞳で俺を見上げていた。

いや、彼女だけじゃなくて、いつの間にかティフォンや泉の精霊たちまでも。

それどころか付き合いの長い、地の精霊たちも俺に崇拝するような目を向けている。

「ゆ……ユニバスくん……。いや、ユニバス先生……。ううん、ユニバス様は、なんて尊いお方なのっ……！」

一斉に「ははーっ」とひれ伏されて、俺はこれ以上ないほどに困惑してしまった。

『泉の精霊院』が、勇者像をユニバス像に作り替えるという、大改革を行っていた頃……。

隣の『泉の大聖堂』の主である、大聖女は荒れていた。

「きぃぃ～っ！　これだけ大きな勇者様の像を作ったというのに、どうして泉の精霊たちは戻ってこないのっ!?　泉の精霊さえ戻ってくれれば、私は本当の大聖女になれるというのに！　きぃぃ～っ！」

大聖女はかつて『泉の精霊院』で、聖女として働いていた。

しかし泉の精霊がいなくなったことを皮切りに、多くの聖女を引きつれて離脱。

パトロンから引っ張った金で、隣に『泉の大聖堂』を建造する。

裏手に大きな泉を作り、自分の聖堂こそが『勇者が立ち寄った聖堂』と言い張るようになった。

彼女の目的は、『泉の精霊院』の実績を横取りし、この丘を我が物とすること。

泉の精霊の力で、精力を増強できるのをウリにし、一大歓楽街を作り上げて大儲《もう》けを企《たくら》んでいたのだ。

丘の敷地はすでに多くが開墾され、酒場やカジノ、売春宿が建設ラッシュの真っ最中。

これらはパトロンひとりの力だけでは足りなかったので、所属している聖女たちを言いくるめ、総動員して金を稼がせていた。

資金繰りは難航していたが、『泉の精霊』が自由にできるという実績に加え、歓楽街で儲けた金を献金に回すことができれば、大聖女への出世はたしかなものとなる。

彼女はいまだに『聖女』の立場であったが、捕らぬタヌキのなんとやらで、すでに『大聖女』を自称していた。

彼女自身の装いと態度、そして聖堂の建物は大聖堂クラスに立派であったが、肝心の泉の精霊がいなければ、すべてが張り子の虎にすぎない。

巨額を投じた勇者像も空振りに終わり、彼女は焦りに焦っていたのだ。

「きぃぃ～っ！　どうすれば、いったいどうすれば泉の精霊たちは戻ってきてくれるというの⁉ ユニバスのおかげで泉の精霊がいなくなったときは、泉の精霊院を潰すチャンスができたと思ったのに！　まさかあのユニバスの呪いがここまで強かっただんて！　きぃぃ～っ！」

しかし彼女はここで、黒い妙案を閃く。

「そ……そうだ！　かつてお越しになった勇者様は、ラメラメでハデハデで、ゴージャスな格好をされていた！　今の勇者像は大きいばかりで、きっとその派手さが足りないのが原因なのだわ！　金銀や宝石で像を飾り立てれば、ピカピカで目立つようになって……。バカな泉の精霊たちでも勇者様だと騙《だま》され、焚火《たきび》を見つけた蛾のように寄ってくるに違いないわ！」

大聖女は過剰なメイクの顔を、笑い仮面のようにニタリと歪める。

「それに、近日中には国王様がお見えになって、勇者像のお披露目勝負がある！　びんぼう精霊院が出してくるのはどうせショボイ石膏像かなにかでしょう！　そこでこっちは、ド派手な勇者像を披露すれば、泉の精霊たちも寄ってくるうえに、勇者好きの国王もお喜びになるはず……！」

獲る前のタヌキの皮を数えるように、大聖女の妄想は止まらない。

「そう！　そこで国王に、こう願い出ればいい！　『隣の精霊院はニセモノですので、どうかお取り潰しを』と……！　そうすれば私の大聖堂こそが、唯一の『泉の精霊』にまつわる地になれる！ずっと邪魔だった聖母も追い出せるし、まさに一石三鳥……！」

大聖女的にはかなりの名案であったが、この計画には、大きな問題点がひとつあった。

すでに歓楽街の建築でかなりの金を使っており、もう袖はタンクトップばりに短くなっている。

しかし地位と名誉と金、巨大なリターンのある儲け話を前にして、引き下がるわけにはいかなかった。

「ならば、倍プッシュ……！　私と、この大聖堂にいる聖女すべてを賭《ベット》けするっ……！」

なんと大聖女、自分だけでなく、今までさんざん搾り取ってきた聖女たちの身体を担保にすることを思いつく。

期限内に借金が返せなければ、奴隷として引き渡すという契約を勝手に結んでしまったのだ。

そうやって調達した金で、勇者像の大改造を開始する。

ライバルである隣の精霊院に見られないように、像には覆いをかけて作業させた。

勇者像は全身を金箔《きんぱく》で塗られ、身体のあちこちに宝石がちりばめられる。

しかも夜はライトアップされるようにして、全身がギラギラと輝いて見えるようにした。

これは思わぬ副産物を生む。

真夜中の遠距離からでも、大聖堂のある場所がわかるようになったのだ。

この丘を不夜城にするつもりだった大聖女は、小躍りして喜んでいた。

「きぃぃやぁ～っ！　この歓楽街における最大の名物ができたっ！『光輝く勇者像』……なんて素敵なんでしょう！　男も女も、金も泉の精霊も、入れ食い間違いナシだわぁっ！」


そしてついに、ワースワンプの国王が来訪する日がやってくる。

国王は本来であれば、勇者と会食したあと、フーリッシュ王国に数日滞在する予定だった。

しかしそれらがすべてキャンセルされたとのことで、予定より早い視察となる。

そのとき、丘にはユニバスとティフォンもいたのだが、逃走中の身であったので表には出ず、精霊院の窓からこっそりとその様子を窺《うかが》っていた。

『泉の大聖堂』の像のそばに、『泉の精霊院』の像が運び込まれてくる。

『泉の大聖堂』の像は移動不可だったので、『泉の精霊院』の像がそばまで移動してから、お披露目会の開催となった。

像はどちらも布による覆いがかけられているが、大きさの違いは歴然としている。

かたや観光名所になるほどに巨大で、かたやそのお土産のように小さい。

国王は両者の像を見比べ、ふむ、と唸った。

「この時点では『泉の大聖堂』の像のほうが期待が持てそうだな。だが像というのは大きさではなく顔が命、そして泉が名所であるこの地にある以上、いかに泉の精霊を呼べるかが重要であるな」

先んじて大聖女がコメントする。

「国王様、そのあたりももちろん抜かりはありません。この覆いを取り払ったが最後、神々しさすら放つ勇者像が解き放たれます。四方八方から泉の精霊たちが殺到することは間違いありません。隣にあるチンケな像など、なぎ倒してしまうでしょうね」

遅れてコメントした聖母は不安げだった。

「あの……この像は、えっと……。と、とにかく、みんなで一生懸命作りましたので、見ていただければと思います」

「オホホホホ！　みんなで？　そちらの精霊院にはあなたひとりしかいないでしょう!?　それを『みんなで』なんて、見栄を張るのはおよしなさい！　オホホホホ！」

「まあまあ、とにかく見せてもらおうではないか。合図をしたら、同時に布を取り払うのだ。……せぇーのっ！」

……バッ！

かたや、滝のように流れ落ちる、おびただしい面積の布。
かたや、風になびくヴェールのように、しずかに流れる布。
巨像から、まばゆい光とともに勇者スマイルがあふれ出す。
等身大の像のほうはツヤの輝きすらなく、それどころか顔は勇者ですらない『ただの男』であった。
しかしその場にいる者たちの度肝を抜いていたのは、勇者像ではなく……。
ただの、男の像っ……！

「えっ……えぇぇぇぇぇぇぇぇぇぇぇぇぇぇ――――――っ⁉⁉」


あまりにも勇壮で、あまりにも豪華。

あんなにも巨大で、あんなにも光り輝いているというのに。

まるで路傍の石、いやゴミクズのように、アウト・オブ・眼中……！

国王の視線は、等身大の石膏像にもはや釘付け。

それは傍から見ればなんのことはない、ただの男を象《かたど》ったもの。

勇者どころか王族ですらない、ただの男……！

しかしその像には、国王を震えあがらせるだけの要素があった。

なぜならば、あまりにもその像には『詰まり』すぎていたから。

まずなんといっても、顔以外にびっしりとくっついた泉の精霊たち。

精霊たちはどれもカゲロウのような儚《はかな》い見目をしていたが、これだけ密集されると、とてつもない存在感がある。

そしてなによりも国王を驚愕させたのは、その像の顔。

国王の中で今、誰よりも気になっている人物が彫り込まれていたからだ……！

「なっ……⁉　なぜ、ユニバスがっ……⁉」

その名を口にした途端、聖母はハッとなった。

「国王、先生をご存じなのですか⁉」

国王は震え声で答える。

「あ、ああ……！　実際に会ったことはないが……！　この男に会った者たちは、みな恐ろしいほどに、この男に心酔しておった……！」

「はい！」と答える聖母、その瞳はもはや夢見るようであった。

「先生はとても素晴らしいお方です！　像であるというのに、ここまで泉の精霊に慕われる人間など、この世にはいらっしゃいません！」

ユニバス像に鈴なりになった笑顔に、国王はデジャヴを覚える。

「ああ、そうだな……！　この精霊たちも、ティフォン殿と同じ笑顔をしている……！」

そこに、大聖女の金切り声が割り込んできた。

「きぃぃっ！　勇者じゃない像で、そんなに精霊たちが集まってくるわけないでしょう!?　その精霊たちは、泉の精霊に似たのをどこかから捕まえてきて、トリモチかなにかで逃げられないようにしているだけでしょう!?　ただのインチキよっ！　そんなことをしたら泉の精霊たちが怒って、とんでもないことになるんだからっ！」

突然、周囲にある森の木々がざわざわと揺れ始める。

大聖女はここぞとばかりに叫んだ。

「見なさい！　森たちも騒いでいる！　私にはわかる！　森の嘆きが！　泉の精霊たちの怒りが！」


……ぞわぁぁぁぁぁぁぁぁ――――――――――っ!!


呼応するように、無数の羽音が飛び立つ。

泉の精霊の大群がうねりとなって、空を覆い尽くした。

大聖女は雷雨に打たれる狂人のように、両手を広げて叫んだ。

「きゃははははは！　私の勇者の像で、泉の精霊たちが戻ってきたわ！　彼らはすべて私のもの！

一匹残らず私のものなのよっ！　さあっ、精霊たちよ！　ユニバスとかいうインチキ像に制裁を！

ゴミクズのような像を、本当のゴミクズに変えてやるのよっ！」

大聖女は舌なめずりをしたあと、バッ！　とユニバス像を指さす。

しかし泉の精霊たちは、勇者像に向かって急降下したかと思うと、

……ドガガガガガガガガ――――――――ッ!!


まるで機銃のような音を轟かせながら、勇者像を穿ちはじめた。

表面の金粉が剝がれて粉雪のように舞い散り、像が破片となって崩れて雹《ひょう》のごとく降り注ぐ。

腐った木像のように、勇者像の表面はあっという間にボロボロに。

ついには足元が崩れ、グラグラと揺れはじめる。

近くにいた国王と聖母は避難したが、大聖女はその場で泣き叫んでいた。

「きぃやぁぁぁ～～～っ！　とめてとめてとめてぇぇぇぇ～～～～っ!!　それは、お前たちが
大好きな勇者様なのよ!?　あなたたちの敵はこっちのユニバスなのよ!?　それに、その像には私の
未来がかかってるのよっ！　だからやめてやめてやめてっ！　やめてぇぇぇぇぇ～～～～っ!!」

しかし魂の懇願も虚《むな》しく、

……ずずうううううううう――――――――んっ!!

巨像、墜《お》つ……!

しかも像は、背後にあった大聖堂を下敷きにしてもなお飽き足らず、オープンを間近に控えていた歓楽街をメチャクチャに破壊しながら滑り落ちていく。

しばらくして、地響きがやんだ。

そのあとに広がっていたのは、同じ場所に存在しているのが不思議なくらいの、真逆の光景。

かたや、怒り狂った大魔神が暴れたあとのような瓦礫《がれき》の山。

かたや、笑顔の精霊たちが戯れ遊ぶ、美しき泉。

一瞬にして、すべてを失った大聖女。

一瞬にして、すべてを取り戻した聖母。

まさに、天国と地獄っ……!

大聖女はヒビ割れたメイクから、早すぎる老醜を晒しながら、トドメを刺された山姥《やまうば》のようにのたうちまわっていた。

聖母のほうには、大聖堂から命からがら抜け出した聖女たちが土下座している。

「聖母様! 私たちが間違っていました! どうか、また泉の精霊院に置いてください……!」

そして聖母はもはや、ユニバスに冷たく当たった彼女ではなくなっていた。

「来る者は拒まず。それがこの精霊院のモットーです。みんなで一緒に、ユニバス先生の教えを守り、泉の精霊とともに生きていきましょう」

若き聖女たちは「はいっ！」といい返事。

しかしそこに待ったをかけたのは、他ならぬ山姥であった。

「まてぇ！　勝手に抜けるのは許さんぞぉ！　こうなったらお前たちを売り飛ばして、私だけでも……！」

すると、一台の牢屋《ろうや》つきの馬車が丘を登ってきて、御者席からガラの悪そうな男たちが降りてきた。

「さぁて、借金のカタになった聖女たちはどこかなぁ？」

山姥はしわがれた手で、すかさず聖母と聖女たちを指さした。

「そこだ！　そこにいる女たち全員だ！　聖母もまとめて持っていくがいい！」

「ほう、上玉揃いじゃねぇか！　これならたっぷり稼げそうだな！　おいお前ら、これから地獄のようなところで、死ぬまでこき使ってやるから覚悟しな！」

ゴロツキどもは聖女たちを取り囲んだが、そこに、鶴の一声が。

「待て！　その者たちを連れていくことは許さんぞ！」

「誰だか知らねぇけど、邪魔すんじゃ……！　……えええっ⁉　あ、あなた様は、ワースワンプ国王⁉　なぜ、このような場所にっ⁉」

「ワシがどこにいようとそなたらには関係ない！　それよりも、その者たちに手を出すことはこのワシが許さん！」

「で……でも国王！　こちらをご覧ください！　この借金の証文には、『泉の大聖堂の聖女を全員担保にする』とあるのです！」

「ふむ、たしかに書いておるな。だがそこにいる聖女たちは『泉の精霊院』に所属しておる。この証文の担保ではない」

「えっ⁉ では『泉の大聖堂』の聖女は、どこに……⁉」


……サッ！


と指さされた先には、限界集落に住んでいそうなひとりの老婆がいた。

「チッ！ ババア一匹かよ！ 大聖堂っていうから、聖女がわんさかいると思って金を貸してやったってのに……。でもしかたがねぇ、コイツだけでも連れていくとするか！ おいババア、こっちが当て込んでた聖女のぶん、ぜんぶテメェひとりで働いて稼がせるから、覚悟しな！」

「ぎぃやぁぁぁぁぁ～～～～～～～っ⁉⁉ お助け、お助けぇぇぇぇぇぇ～～～～～～～っ‼」

老婆は豪奢《ごうしゃ》なローブを剝ぎ取られ、牢屋に放り込まれる。

餓鬼のような醜い姿で鉄格子に張り付き、阿鼻叫喚を轟かせながら連れ去られていった。

第四章 ワースワンプ国王、俺を溺愛

ワースワンプ国王は、『泉の精霊院』をたいそう気に入ったようで、数日のあいだ滞在すると言いだした。

俺とティフォンは王国の関係者に見つかるわけにはいかなかったので、精霊院をこっそり出ることを決める。

泉の精霊たちはとても寂しがっていたが、俺の石膏像があってくれたおかげで、なんとか納得させることができた。

あとは、聖母にも事情を説明しておこう。

しかし俺は口下手だったので、かわりにティフォンの口から伝えてもらうことにする。

俺はティフォンの長い耳に向かって、こしょこしょとささやきかけた。

「ティフォン、これから言うことを聖母に伝えてくれ。『俺たちはわけあって追われている身なんだ。だからここを出ることにするよ』と」

ティフォンは耳が弱いのか、俺のささやきの最中ずっと身体をくねらせていた。

最後は「あはははは！」と大笑い。

ちゃんと伝わったかどうか怪しかったが、ティフォンはヒマワリのような笑顔で、

「聖母さん！　わたしたち、もう行くね！　実を言うとハネムーンの途中だったんだ！」

ブフォッと吹き出す俺をよそに、聖母はふふっと笑う。

「はい、わかりました。それになんとなく、そんな気はしていました。おふたりの間には、もはや人と人では及びもつかないような、強い絆《きずな》があるのを感じていましたから」

「へへーん、ぶいっ！」とピースサインを向けるティフォン。

「私も泉の精霊たちと、おふたりみたいに心から信頼し合える関係になりたいです。今はまだ近づくだけで逃げられてしまいますが、焦らずじっくりと、絆を深めてまいりたいと思います」

「うん！　聖母さんだったら、きっとできるよ！　わたしが絶対保証する！　それにユニバス先生もそう思ってるよね？　ねっ!?」

ニコッと俺を見るティフォン。俺は「ああ」と笑い返す。

俺たちがやたらとニヤニヤしていたので、聖母は不思議がっていた。

彼女はまだ、気づいていないんだ。

彼女の長い髪の中には、雛鳥のような泉の精霊たちがいて、ひょっこりと顔を覗かせたり、引っ込んだりして遊んでいるのを。


俺たちは聖母に見送られ、ひっそりと『泉の精霊院』を出発する。

丘を下りる途中、俺は一度だけ振り返った。

そこにはもう、ひとりぼっちの寂しさは微塵《みじん》もない。

多くの聖女、そして多くの精霊たちに囲まれ、笑顔あふれる空間となっていた。


俺たちは街道に戻ると、水の精霊の国、コンコントワレへ向けて再出発。

そしてついに、ワースワンプ王国の王都へと到着した。

この王都の少し先に、コンコントワレがある。

そのため、この国でもっとも人が多い場所ではあるが、ここを避けて通ることはできない。

人が多いのは我慢するとして、もうひとつ大きな問題があった。

それは、俺たちがフーリッシュ王国からこの国に逃げ込んで、数日が経っている。

いくら国をまたいでいるとはいえ、もう俺たちの手配書なりなんなりが出回っているに違いない。

他国からの犯罪者情報というのは、まず真っ先に王都に伝えられ、そこから国内のネットワークを通じて各地に知らされる仕組みになっている。

そのため、王都での行動は細心の注意を払う必要があった。

王都から少し離れたところで馬車を停めて、俺たちは作戦会議をする。

「んじゃあ、変装してから街に入るってのはどう？」

御者席にいるティフォンは、目出し帽を被ってサングラスにマスクをしていた。

長い耳だけを、横に飛び出させながら。

「いや、いちばん隠したほうがいいところが丸出しになってるぞ。それにそんな銀行強盗みたいな格好をしてたら、余計に怪しまれる」

「それもそっか、じゃあ、こういうのはどう？」

馬車にシュバッと入ってシュバッと戻ってくるティフォン。

元気いっぱいのワンピース姿から、肌も露わな踊り子の姿に早変わりしていた。

「どう？　これなら旅の踊り子だと思われるでしょ？」

「いいけど、なんで踊り子のチョイスなんだ？　旅人なら他にもいろいろあるだろう」

「だって、ずっと街のほうで音楽が流れてるでしょ？　それを聞いたら踊りたくなっちゃって！」

王都から遠雷のように届く、重低音のサウンド。

ティフォンはそのリズムに合わせ、上半身を揺らして胸をふるふる、下半身を揺らして腰をくねくねさせている。

「そうか、今は『勇者祭』だったな。だったら踊り子も多く集まってそうだし、それにするか」

「やったーっ！　どろどろおどろーっ！」

「いや、踊るのはナシだ」

「えーっ、なんで⁉」

「踊ったりしたら目立つだろう、だからこっそり行くぞ」

「むぅ〜っ！　んじゃ、ユニバスくんも着替えて！」

「えっ、俺も？」

「踊り子の女の子に、作業服の男の人なんて変でしょ！　それに手配書が回ってるんだったら、ユニバスくんが作業服ってのもバレてるはずだし！」

ティフォンはむくれながらも、ぐうの音も出ない正論を放つ。

俺は馬車に連れ込まれ、ウォークインクローゼットの中でいろいろ試着させられた。

結局、ティフォンのお眼鏡《めがね》にかなったのは、いかにも今時の若者が好みそうな帽子にシャツ、ショートパンツ。

手にはなぜだか小さなトランペットみたいなのを持たされた。

「なんだこれは」

「知らないの？　今はやってる『ラッパー』スタイルだよ。その手に持ってるラッパを吹きながら踊るの」

「けったいだなぁ」

「でもこれなら怪しまれないって！　さっ、踊りにいこーっ！」

「だからダメだって！　いいか、絶対に踊ったりするんじゃないぞ！」

俺はそう噛んで含めたあと、王都へと馬車を走らせる。

しかし城下町の正門をくぐり、ノリノリの音楽に包まれた途端、ティフォンに刺してあった釘は一瞬にして外れてしまった。

「きゃっほーっ！　レッツ、ダンシーング！」

彼女はあろうことか、御者席から馬車の屋根に飛び移り、キレッキレのダンスを踊り始めてしまった。

あれだけの美少女が露出の高い服装で踊っていたら、見るなというのが無理な話。

「おい、見ろよ、あの子！」

「おおっ!?　すげーかわいいじゃん！　スタイルも抜群だし！」

「見た目だけじゃねぇぞ！　ダンスもプロ顔負けじゃね!?」

「お嬢ちゃん、最高だぜーっ！」

ティフォンは一瞬にして大通りの視線すべてをかっさらってしまう。

俺があれほど『目立つから踊るな』と言っていたのに、ティフォンは街に入って三〇秒も経たずに踊り始めてしまった。

しかもそれから三〇秒も経たずに、街の誰よりも目立ってしまっている。

俺は「あちゃ……」となっていたが、そこに、最悪のものが目に飛び込んできた。

なんと、壁の看板にデカデカと貼り出された、俺たちの手配書……！

俺はヤバいと思い、馬車を引き返そうとする。

しかし祭りの最中で道は一方通行になっていて、しかも後ろには後続の馬車がいて戻ることはできなかった。

まるでふたりの俺がすれ違うかのように、手配書の看板が迫ってくる。

いくらなんでもこんな近くに本人がいて、気づかれないわけがない。

……お、終わった……！

と思っていたのだが、真横を通り過ぎても誰もなにも言わなかった。

……た、助かった……！

と胸を撫で下ろしていたら、ティフォンが御者席に戻ってくる。

「ねえねえ、ユニバスくんも踊ろうよ！」

「踊らないよ！　それよりもまわりを見ろ！　街じゅうに手配書が貼ってあって大変なんだぞ！」

するとティフォンはキョトンとした様子で、あたりをキョトキョト見回す。

そしてすぐさま細い肩をいからせた。

「えっ、あの手配書に描いてあるのってユニバスくんだったの!?　ひどい、全然似てないよ！　まるで別人じゃない！」

「そ……そうか？」

「そうだよ！　あれじゃ悪魔だよ！　まるで、わたしに乱暴しようとしたときの勇者みたいにひどい顔！　まわりを見て！　誰もユニバスくんだって気づいてないでしょ⁉」

言われてみればたしかに、さっきから手配書のそばを通り過ぎているのだが、誰も俺のことに気づいていない。

どうやら、悪いイメージを植え付けるために、俺のことを凶悪に描きすぎたのが悪いほうに、いや俺にとっては良いほうに働いたようだ。

しかしティフォンは我慢ならなかったようで、「許せない、ぜんぶ剝がしてくる！」と暴れザルのように飛び出そうとする。

俺は慌てて止めた。

「待て待て待て！　手配書を剝がすのは犯罪だ！　それに剝がしたりしたら逆にバレるだろう！　せっかくみんな気づいてないいんだから、そのままにしとこう！」

ティフォンは不服そうだったが、「踊ってもいいから！」と交換条件を出すと、ようやく納得してくれた。

「ユニバスくんの誤解を広めるようなものがまわりにあるのは嫌だけど、踊っていいならガマンする！　それとユニバスくん、そんなにコソコソしないの！　こういうときは堂々としてたほうが怪しまれないいんだって！　いぇーいっ！」

ティフォンはそう言うなり、また屋根という名のステージに戻っていく。

俺は一理あるかもしれないなと思い直し、少なくとも姿勢だけはまっすぐにしていようと思った。

ちょうどそのとき、馬車は大きな広場にさしかかる。

そこには石造りの野外演劇場があって、まわりには多くの若者たちでひしめき合っていた。

ステージにいる司会者は魔導マイクを使って周囲に呼びかけている。

『勇者祭記念、ワースワンプダンス大会の参加者を受付中じゃんっ！　飛び入り参加も大歓迎だから、我こそはと思うものは、どんどんステージにあがるじゃん！　優勝チームには豪華賞品に加え、後日に開催される決勝大会にも出場できるじゃぁぁぁぁぁ――――んっ!!』

俺はダンスはヘタクソだし、そんなに興味もない。

勇者パーティにいる頃、ゾンビと無理やり踊らされたことがあって、今じゃむしろ嫌いなほうだ。

しかしこのワースワンプの王都は、ダンス好きの若者が多いらしい。

ステージには多くのグループがあがっており、エントリーを申し出ている。

物好きなのが多いんだな、と傍目に映しながら、そのまま通り過ぎようとしたのだが……。

俺は思わず二度見してしまう。

いつの間にかステージの上にはティフォンがいて、司会者からインタビューを受けていた。

『お嬢ちゃん、超かわいいじゃぁーんっ！　見てこのお客さんたちの反応！　もうこの時点で、ビジュアル部門の優勝はお嬢ちゃんにきまったようなもんじゃん！』

『やったーっ！　でもわたし、ダンスもすっごく得意なんだ！　ダンス部門でも優勝まちがいなしだよ！』

『おおっ、言うじゃん言うじゃん！　今回はプロのダンサーも多く参加してるじゃん！　これだけの面々を前にして、優勝宣言するなんて……このお嬢ちゃん、ヤバすぎじゃぁ――――んっ！』

「うおおお――――――――――――――――――――――――――っ!!」

まだ大会が始まってもいないというのに、沸き上がる歓声。

ティフォンはもう観客たちの心を摑みはじめているようだ。

……って、感心してる場合じゃなかった！

さすがにここまで目立つのはマズい！　止めないと！

俺は広場の横にある停馬場にトランスを停めると、人混みをかき分けてステージに向かう。

インタビューはまだ続いていた。

『じゃあ、さっそくお嬢ちゃんから踊ってもらうじゃん！　それじゃ、バックバンドを呼ぶじゃん！』

『バックバンド？　なにそれ？』

『ええっ、お嬢ちゃん、もしかしてひとりじゃん？　ダンスは音楽がないと踊れないじゃん！　バックバンドってのは、その曲を演奏する人たちのことじゃん！　ほら見て、みんなスピリットナイザーを持ってるじゃん!?』

『スピリットナイザー』というのは、『金』と『光』の精霊をベースにし、さらに他の属性の精霊を組み合わせた楽器のこと。

ようは、金属性の最新式の魔導装置ということだ。

今までの楽器は、『木』と『闇』がベースとなった木製のものがほとんどで、温かみのある音が特徴。

しかし『スピリットナイザー』はエレクトリックでサイケデリックな音が奏でられるため、今若者の間で爆発的に広まっている。

俺がステージに駆け上がると、ティフォンが今にも泣きそうな顔で助けを求めてきた。

「あっ、ユニバスくん！　ダンス大会に出るためには、『なんくるないさー』がないとダメなんだって！　なんとかならないかなぁ!?　わたし、どうしてもこの大会に参加したいの！」

俺はティフォンを止めるつもりだったのだが、彼女があまりにも真剣だったのでつい言いそびれてしまう。

「わたし、いつか外に出て、人間のみんなと一緒に踊ってみたいって、ずーっと思ってたの！　勇者と精婚したら踊れると思ってたのに、勇者はわたしに裸踊りを要求してきて……！　だからお願い、ユニバスくん！　今日だけはみんなの前で踊らせてほしいの！」

俺は今更ながらに猛省する。

風の精霊というのは、みんな踊りが大好き。

しかしティフォンはお姫様だったから、自由に踊ることができなかったんだ。

それは重々承知しているつもりだった。

そのはずなのに俺は、彼女をこんなダンスの都のような場所に連れてきておいて、『踊るな』と酷なことを言っていたんだ。

俺はティフォンの手を握りしめ、言った。

「わかった。スピリットナイザーでもなんくるないさーでも、この俺がなんとかする。絶対にキミを、ステージにあげてみせる……！」

俺はティフォンをダンス大会に参加させるために、楽器を用意すると約束する。

といっても、アテはまるでなかった。

他の参加者から借りるわけにはいかないし、新しく買う金もない。

時間さえあればイチから作れるのだが、どんなに急いでも夜までかかってしまうだろう。

俺は、ティフォンの出番を後回しにしてもらって、時間を稼ぐことにした。

野外ステージのわきにある倉庫のような場所を借りて、ひたすら考える。

そばにはお姫様がいて、いつになくオドオドとした上目で俺を見つめていた。

たぶん、俺が楽器調達をあきらめるんじゃないかと怖れているのだろう。

捨て猫を拾ってきて、飼ってもいいか母親に尋ね、審判を待つ子供のような表情。

俺は、その不安げな頬を撫でる。

「そんな顔をしなくていい。言っただろ？　絶対にキミをステージにあげてみせるって。俺は自分のことならあきらめが早いけど、キミたち精霊のためなら最後まであきらめたくないんだ」

するとティフォンは意外そうな顔をしたあと、ふふっと笑った。

「ユニバスくん、勇者と逆のこと言ってる」

「そうなのか？」

「勇者は、なにがなんでも自分が世界でいちばん偉くなってやるって言ってたよ。そのためにはなんでもするし、絶対にあきらめないって。そしてわたしに向かって、こうも言ったんだ。お前のやりたいことはすべてあきらめて、俺様の野望のためにすべてを捧げろ、って」

「で、キミはなんて答えたんだ？」

「わたしがすべてを捧げたいのはユニバスくんだけだから嫌です、って。そしたら勇者、笑ってたよ。世界最高の男である俺様を嫉妬させようとして、わざと世界最低の男の名を出したのだろう、かわいいやつめ、って。おかしいよね、あの人」

ティフォンはあきれた様子で言いながら、倉庫の脇にあった、布をかけてある荷物に腰掛けた。

お尻から「こらお嬢ちゃん、座るでない！」と声がして、ティフォンは「ひゃっ⁉」と飛び上がる。

布をめくってみると、そこには古びた『蓄音箱』があった。

『蓄音箱』というのは音楽を流すことのできる木造の装置のことで、魔導装置よりもずっと歴史が古い。

俺は近づいてしゃがみ込み、蓄音箱をあらためる。

「すごくしっかりした作りのようだな。外装は汚れてはいるが、中身はまだまだ使えそうだ。きっと、相当腕のいい職人が作ったんだろうな。ひょっとして、ドウドーラ製か？」

すると、箱の中から「えっ？」と返事がした。

「お前さん、ドウドーラを知ってるのか？」

「もちろんだ。俺の尊敬する木工職人だよ。ドウドーラ製ということは、音のほうもたしかなんだろうなぁ」

箱のメンテナンス用の扉がパカッと開き、手のひらサイズの精霊たちがひょっこり顔を出す。

みな枯木のような老人だった。

「もちろんじゃ、昔は多くの人間たちを踊り狂わせてきたんじゃからのう！」

「じゃが、今時の若いモンはわかっとらん！　耳障りな音でがなりたてる金属の箱ばかりをもてはやしおって！」

木の精霊たちは見た目はくたびれていたが、瞳はらんらんと輝いている。

俺は、これ以上にない頑丈な木の船を見つけた、船頭のような気持ちになっていた。

「なあ、もう一度、みんなの前で音楽を奏でてくれないか？　弾き手は俺がやるから」

「なに、ワシらを使おうというのか？　お前さん、物好きじゃのう！」

「じゃがワシらが奏でたところで、今時の若いモンは誰も見向きもせんよ！」

「そんなことはないさ、この子のためにも、もう一度だけステージに立ってほしいんだ」

ティフォンはカビ臭い老人たちを前にしても、嫌な顔ひとつしていない。

むしろ宝物を見つけたようなキラキラした瞳で、老人たちに顔を寄せている。

「うわぁ、素敵っ！　わたし、ここにいる木の精霊さんたちと、一緒に踊りたい！　おじいさんたち、お願い！　わたしと一緒に踊って！　いいでしょ!?　ねっ!?」

いくら枯れた老人とはいえ、美少女のおねだりは効果てきめん。

木の精霊たちは遅咲きの恋に目覚めたかのように、「可憐《かれん》じゃ……」と頬を染めていた。


蓄音箱の内部はところどころガタがきていたので調整し、ボロ布とワックスを使って外側をピカピカに磨きあげる。

すると木目の光沢も美しい、新品同様の見た目に戻った。

その頃にはダンス大会も大詰めに迫っていて、残すはいよいよ最後の一組、『風の踊り子チーム』だけになっていた。

俺とティフォンはふたりがかりで蓄音箱を抱え、えっちらおっちらとステージに運ぶ。

すると、あちこちから失笑が起こった。

「うわぁ、なにあれ、古くさっ！」

「あっはっはっはっ！　あれは蓄音箱っていうんだ！　俺のオヤジも若い頃に持ってたって！」

「ってことは古くさいうえに、オヤジくさいシロモノってわけか！」

「あんな化石みたいなのを使って、あの子は踊るつもりなのか⁉」

「えぇーっ、あの子は超イケてるのに、楽器のせいで台無しじゃん！」

「そうだよ、フツーに『スピリットナイザー』を使えばいいのに！」

ぶーぶーとブーイングが飛んでくる。

ステージの司会者も困惑しきりだったが、ティフォンは魔導マイクを奪うと、

『まあまあ、そう言わないで！　ここにいるみんなは蓄音箱の音楽を聴いたことがないんでしょ⁉　実はわたしもそうなんだけど、サイッコーのステージになるよ！　なんたって伝説のＤＪ、「ＤＪユニバス」がプレイするんだから！』

おいおいこの精霊姫様、また変なことを言いだしたぞ。

客席がざわめいているじゃないか。

「ＤＪユニバス？　誰だそれ？」

「そんなＤＪ、聞いたこともないわ！」

「もしかして、あそこにいるラッパーのカッコした男か？」

「うわぁ、なんか見るからにイケてなさそー！」

ブーイングがいちだんと激しくなる。

俺は針のむしろに簀巻《すま》きにされているような気分で、蓄音箱をセッティング。

逃げ出したい気持ちでいっぱいだったが、ティフォンのためだと自分に言い聞かせながら。

そしてついに、風の精霊姫のステージの幕上げがやってくる。

開始の合図は、ステージ脇に広げられた蓄音ブース。

そこに立った俺は、手回し式のハンドルをゆっくりと回す。


……ふわぁぁぁぁぁ……！


やわらかな音色とともに、風が立ち上る。

ステージの真ん中に立っているティフォンの長い髪とヴェールが、妖精の羽のようにふわりと浮き上がった。

氷上を滑るような彼女のステップと同時に、俺は蓄音ブースにある、木の円盤を手のひらでこする。

スクラッチのような音が鳴り渡り、踊り子は疾風のように舞い踊る。

観客たちは唖然としていた表情で静まり返っていたが、次の瞬間、沸騰した。

「すっ……すげぇぇぇぇぇぇぇぇぇぇ――――っ!?!?」

ティフォンは宝石のような最高の笑顔と、真珠のような汗をまき散らし、ステージの上を舞い踊る。

それはまさに水を得た魚、風を得た翼。

初めての大空へと羽ばたいた、籠の中の鳥……！

その曲を奏でている俺は、泥のような汗にまみれていた。

水のない魚のように口をぱくぱくさせて、土のないモグラのようにもがく。

こんなに大勢の前で蓄音箱を操作するのは初めてだったから、ド緊張しっぱなし。

操作パネルの上では、木の精霊たちが行ったり来たりしていて大忙し。

「お前さん若いのに、いい操盤しとるのう！」

「うむ、しかもこの見事な味付け《アレンジ》は、初めてではないじゃろう⁉」

俺は右手でレバーを回し、左手で木の円盤をスクラッチさせながら答える。

「ああ、この蓄音箱と同じものが、子供の頃のオモチャだったんだ！」

今もそうだが、子供の頃の俺は精霊の友達しかいなかった。

そのときに出会った、この蓄音箱に衝撃を受け、魔導装置に興味を持ったんだ。

それと同じ感動を今の子供たちにも味わってほしくて作ったのが『スピリットナイザー』。

世間的にはゴーツアンが作ったことになっていて、ヤツが『現代音楽の父』なんて呼ばれているけど、今はそんなことはどうでもいい。

俺は嬉しかった。

蓄音箱が時代を超えて、今の若者たちの心を揺さぶっていることが。

見ると、ダンス大会の会場は、外の通りまで観衆で埋め尽くされていた。

海原のようにどこまでも広がっている人々が、完全にひとつになっている。

ティフォンが跳ねると一緒にジャンプし、ティフォンが回ると一緒にクルリン。

ティフォンは両手を広げ、空を飛んでいた。

もうステージという狭い枠からとっくに抜け出し、会場中を飛び回りながら踊っている。

観客たちの熱狂がうねりとなって、俺のところにまで届いていた。

「あの子のダンス、さいっこー！　この曲も、さいっこー！」

「蓄音箱って、見た目が古そうだからバカにしてけど、すげーイイ音してるじゃん！」

「あのＤＪのアレンジがいいんだよ！　さすが伝説のＤＪ！」

「ＤＪユニバスだっけ⁉　私、いっぺんにファンになっちゃった！」

「このステージが終わったら、あの子とセットで契約だ！　このコンビは売れるぞぉ！」

「あっ、二曲目に入った！　普通は一グループ一曲の決まりなのに⁉」

「まぁまぁいいじゃん！　もう優勝は決まったようなもんなんだし！」

ティフォンは踊れるのがよっぽど楽しいのか、一曲ではまるで足りない様子だった。

俺は手を回しているだけなのに、もうヘトヘト。

でも彼女の太陽のような笑顔を曇らせるわけにはいかないと、身体にムチ打ってプレイを続けた。

やがて水遊びをする妖精のように、ティフォンは全身の汗を迸《ほとばし》らせてステージに着地。


……ジャアアアアアアアアア――――――――――――――――――――――――ンッ‼


俺は最後の追い込みをかけるサイクラーのようにしゃかりきになって、蓄音箱のレバーを回し、最後のインパクトを作った。

そのあと前のめりに伏し、ぜいぜいと全身で息をする。

ステージでは司会者が戻ってきて、興奮気味に叫び回っていた。

『優勝はもう審査するまでもないじゃん！　「風の踊り子チーム」に決定じゃぁぁぁぁぁぁぁぁぁ――――――んっ!!』

「うおおお――――――――――――――――――――っ!!」

俺はもう完全に燃え尽きていて、いまにも手放してしまいそうな意識の中、優勝者インタビューを耳にする。

ティフォンは俺の数倍の運動をこなしたあとだというのに、まだ弾ける笑顔のままだった。

『みんなありがとーっ！　わたし、みんなと一緒に踊れて本当に楽しかった！』

「うおおお――――――――――――――――――――っ!!」

『それじゃみんなで、こんな楽しい時間を過ごさせてくれた人たちにお礼を言おう！　DJユニバスくんと、蓄音箱さん、そして蓄音箱にいる木の精霊さんたちに！』

「ありがとぉぉぉぉぉ――――――――――――――――――っ!!」

俺の視界の片隅にいる、木の精霊たち。

彼らは観客の目から見えることはない。

でも万雷の賞賛はたしかに伝わり、精霊たちは泣いていた。

「ううっ、まさかまた、こうやって若者たちと一緒に過ごせるときが来るだなんて……！」

「長生きはするもんじゃのう……！」

「お礼を言うのはワシらのほうじゃ！　生きる喜びを思い出させてくれて、本当にありがとぉーっ!!」

小さな老人たちは操作パネルの上をぴょんぴょん飛び跳ね、観衆に向かって手を振り返している。

これだけで、俺はやった甲斐があったと思った。

これで終わっておけば、めでたしめでたしだったのだが……。

我らが風の精霊姫は、優勝賞品授与のときになって、とんでもないことを言いだした。

『優勝賞品はいりません！　でもそのかわりに、みんなにお願いがあるんです！　それを聞いてもらえませんか!?』

「おお――――――――っ!!」

ティフォンはキリッとした顔で、広場の一角にあった立て看板を指さす。

そこには俺とティフォンの手配書、それもかなり巨大なイラストが貼られていた。

『まずはみなさん、あの手配書を見てくださいっ！　あそこに描かれているのは、わたしと、ここにいるユニバスくんなんですっ！』

「えっ……えええええええええええ――――――――っ!?!?」

なんとティフォンは、自分から正体をバラしてしまった。

手配書が出回っている王都で、それもこれだけの大勢の人を前にして。

『実はわたしは、風の精霊姫であるティフォンなんです！　手配書にはユニバスくんにさらわれたって書かれてますけど、まったくのウソなんです！　わたしは自分の意志で、勇者との精婚式をキャンセルして、ユニバスくんと一緒に逃げたんです！』

俺が止める間もなく、ティフォンはカミングアウトを続ける。

その激白の中には、勇者が彼女に強要した、赤裸々で破廉恥な行為の数々も含まれていた。

さらに、今まで俺と逃避行を続けてきて、いかに幸せだったのかの告白も。

『わたし、勇者といたくありません！　でも捕まったら、勇者のところに連れ戻されて、無理やり精婚させれちゃうんです！　そんなの、ぜったいに嫌です！　わたしはこれからもずっと、ユニバスくんといたいんです！　ユニバスくんと一緒に、笑ったり、怒ったり、泣いたり……励まし合ったりしたいんです！』

ティフォンの頬を、汗とは違う雫《しずく》が伝う。

『ここにいるみなさんだけでも、本当のことを知ってほしかったんです！　だって、好きな人と一緒にいられて、わたし自身はすっごく幸せなのに……。それがぜんぜん違うふうに広まってるなんて嫌だったから！　だから……みんなにも知ってほしかったんです！』

観衆をざわめきが包む。

「まさか、最近ここいらに貼られてる手配書がウソだったなんて！」

「でも、ティフォン様とＤＪユニバスの絆は本物だよ！　だって、仲が悪いふたりにあんなパフォーマンスなんて無理だし！」

「俺たちはふたりの仲を応援するぞっ！」

観衆たちは口々に賛同を表明するが、それだけに留まらない。

滾《たぎ》るようにどんどんヒートアップしていく。

「こうなったら、みんなで抗議しようっ！　歪んだウソでふたりの仲を引き裂こうとする国家権力に！」

「おお――――――――――っ!!」

観客たちは拳を振り上げて応じると、なんと手配書のあった看板に体当たり。

……メキメキメキィィィィィ――――――――――――ッ!!

となぎ倒し、あっという間に亡きものにしてしまった。

「よぉし、みんな！ このまま街に繰り出して、手配書を全部剝がすぞぉ――――っ!!」

「おお――――――――――――――――――――っ!!」

観客たちは巣穴から這い出した軍隊アリのようにわらわらと、広場から延びる道に分かれて進軍を始める。

衛兵たちの詰所の掲示板に貼ってある手配書も、おかまいなしにバリバリと剝がしていた。

「おいっ、お前たち、いったいなにをやっている!? 手配書を剝がすのは犯罪だぞ！」

衛兵が駆けつけてきて、そこらじゅうで小競り合いが起こりはじめる。

暴力沙汰にまで発展し、とうとう取り押さえられる者まで出はじめた。

ティフォンは青い顔で俺のところに飛んでくる。

「ど……どうしよう、ユニバスくん！ まさかこんなことになるなんて思わなかった！ わたしはただ、みんなに知ってほしかっただけなのに……！」

あまりにも軽はずみな彼女の行動に、俺は怒りを覚えたが、今は叱っている場合じゃない。

「手配書の人物が捕まった時点で、手配書は剝がしてもいいことになってるんだ！ だから、この騒ぎを収めるためには……俺が自首するしかない！」

「ええっ、そ、そんな!?」

「しょうがないだろう！ 騒ぎを収めるためにはこの方法しか……！」

しかし、思わぬところから横槍《よこやり》が入る。

「そんなのダメに決まってるじゃん！」

ダンス大会の司会者だった。

「ここは俺に任せて、ふたりは逃げるじゃん！　俺が首謀者になれば、捕まった人たちは無罪放免になるじゃん！」

「え……え、で、でも……」

「気にするなじゃん！　俺は普段から司会者としてさんざん人を煽《あお》ってるから、捕まるのなんて日常茶飯事じゃん！　それに、みんなはティフォン様の気持ちに賛同したからこそ、ああやって戦ってるんじゃん！　もしここでユニバスが出ていって捕まったら、みんなの気持ちが無駄になっちゃうじゃん！」

司会者は停馬場にいるトランスを、バッ！　と指さした。

見ると、馬車全体が飾り付けされていて、きらびやかな文字でこう書かれていた。

『お幸せに　ＤＪユニバス　＆　ティフォン様』

「さあ、行くじゃん！　ふたりで幸せになるために！　このワースワンプ王都の市民みんなが、ふたりの幸せを応援してくれてるじゃん！」

「すっ……すま、すまないっ！」

俺はティフォンの手を取って走り出す。

ステージを駆け下りると、観衆がよけて花道を作ってくれる。

背後では、司会者のけたたましい煽り文句が響いていた。

『さあみんな！　手配書だけといわず、なんでもかんでもビリビリにするじゃん！　だってこの世はウソばかり！　だったらみーんな破いちゃえばいいじゃん！　この俺が大将じゃん！　だからぜーんぶ俺の仕業じゃん！　だってこの俺こそが、みんなを導くのにふさわしい、世界いちの司会者……！』


ステージには俺たちと入れ違いで、対暴徒用の装備で固めた衛兵たちが突入。

司会者は盾に押し潰されながらも、その名を叫んでいた。

『ジャンジャン、バリバリィィィィィィィィィ────ッ!!』

俺とティフォンは馬車に乗り込むと、広場を出て大通りを走る。

街の人たちは俺たちの味方で、みんなが進んで道を開けてくれた。

「がんばれ！　ユニバス！」

「がんばってください、ティフォン様！」

「勇者なんかに負けないで！　ふたりで幸せになってください！」

しかし、ティフォンはうつむいたまま応えようとしない。

どうやら、自分の発言から暴動が起こったのがよっぽどショックだったらしい。

俺は、彼女に言った。

「どうした、ティフォン！　キミは、俺の誤解が広まるのが嫌だったんだろう!?　でも今はどうだ！　みんなが俺たちのことを応援してくれてるんだぞ！」

するとティフォンはようやく顔をあげた。

泣き濡れた瞳を俺に向け、ぱちぱち瞬かせている。

俺が「ありがとうな、ティフォン！」とサムズアップすると、ティフォンの表情は一転。

まるで暗雲を吹き飛ばす太陽のように、ぱぁーっ！　と明るく晴れ渡った。

「どっ……どういたしまして！　行こう、ユニバスくんっ！　このまま王都を抜けて、コンコントワレまで一気に、しゅばーっとしゅっぱーっ!!」


ワースワンプの国王は『泉の精霊院』で、泉の精霊たちに元気を分け与えてもらう。

飲むと滋養強壮になるという泉の水をお土産にもらい、精霊院をあとにする。

国王の肌つやは増していたが、ワースワンプ王都に向かう馬車の中での表情はさえなかった。

光のない瞳で窓の外を見やりながら、溜息をひとつ。


――ワシもそろそろ、潮時なのかもしれんなぁ。


国王は、まだまだ若いつもりでいた。

アウトドアが好きなので、以前は渓流下りやモンスター狩りなどを趣味にしていたのだが、ケガをしてからというもの王妃から禁止を言い渡されていた。

その名残がバーベキューで、若い家臣や貴族の令嬢たちと屋外で、解体した肉や釣った魚を焼いて食べるのをなによりの楽しみにしていたのだが……。

そこで若者たちはダンスを踊るようになって、その動きにまったくついていけないことに気づかされた。

そもそも若者たちが喜ぶ音楽というのはただの騒音にしか聴こえず、国王にはなにが良いのかさっぱり理解できなかった。

その事実が、国王の気持ちをさらに重くさせる。

――今日はこれから王妃とともに、城下町で行われるダンス大会の特別審査員か……。

大会の最中、ずっとわかっているようなフリをしなければいけないのは、なんとも苦痛だ……。

国王ほどの人物であるならば本来、合わせる必要などない。

特別審査員としてトンチンカンなコメントをしても、面と向かって批難できる者はいないからだ。

しかし若者文化をわかってないオヤジのような目で見られるのだけは、国王にとっては耐えがたい屈辱であった。

――少しは若さを取り戻せるかと思って、『泉の精霊院』に寄ったはいいが……。

取り戻せたのは身体の若さだけ……心だけは以前と変わらぬままだ……。

このワシの心を、以前のように若返らせる手立てはないものか……。

精霊ですら無理である以上、やはりない物ねだりでしかないのか……。

そうひとりごちる国王。

すでに心は沈みきっているかに思えたのだが、不思議と高揚していることに気づく。

その理由はすぐにわかった。

耳の端を掠《かす》めるように、かすかに響くサウンド。

「こ……この曲はっ……⁉」

国王は馬車の窓を開けて身を乗り出す。

すると、懐かしい風が頬を撫でた。

「ま……間違いないっ！　この曲はっ……！」

馬車はアースワンプの王都に確実に近づいていたが、国王は叫んだ。

「も……もっと馬車を飛ばすのだ！　早くっ！　早くっ！」

全速で飛び込んだ王都、そこではダンス大会の決勝を控え、街のそこかしこで音楽が流れていた。

それ自体は、毎年ある光景なので別に珍しくはない。

しかし、今年は決定的にあるものが違っていた。

いつもは街角で踊っているのは若者だけだったのに、今年は年寄りやオバサンたちも一緒になって踊っていたのだ。

「い……いったい、なにが起こったというのだ⁉」

驚愕に目を剝く国王。

しかしその理由は、彼の身体がいちばんよく理解していた。

なぜならば肩は小刻みに揺れ、足はステップを踏みはじめている。

ウズウズする身体のまま、馬車は一方通行の大通りを抜け、ダンス大会の決勝会場である広場へと向かう。

そこで国王は、ありえない光景を目撃した。

「えっ……えぇぇぇぇぇぇぇぇぇぇぇぇぇ――――っ!?!?」

なんと、広場の中央にあるステージの上は、彼の妻である王妃のひとり舞台。

往年のステップを見せつけるかのように、ドレスをなびかせ踊っていたのだ。

観客の若者たちも、そのステップをマネをするように踊り狂っている。

王家の馬車が近づいているのに気づいた王妃は、ハツラツとした笑顔で手招きした。

「ああっ、あなた、お戻りになったのね！　こちらにいらして！」

国王は戸惑うままにステージにあがり、王妃と手を取り合う。

「あなた、この曲、覚えているでしょう?」

「あ……ああ、当然だ。ワシらが若い頃に大流行した曲だ。ワシとお前が知り合うきっかけになって、夜通しで踊ったものだ。　いやはや、なんとも懐かしい。　まさかこの曲を再び聴けるようになるとは、驚きだ……！」

「そう！　私もだいぶ昔にダンスはやめたんだけど、この曲を聴いたら懐かしくなっちゃって！ついい、みんなの前で踊ってしまったわ！」

ニコッと笑う王妃の顔。

歳をとってからは穏やかな微笑みだけだったのに、少女がするような全力の笑顔を見せたのは久しぶりのことだった。

それだけで、国王の心はありし日に戻る。

「よぉし、お嬢さん、僕と一緒に朝まで踊りましょう！」

国王と王妃の往年のステップは衰えていなかった。

染みつくほどに繰り返した足運びを、身体は覚えていたのだ。

「うおおお――――――――――――――――っ!!」

観衆はさらに熱狂の渦に包まれる。

男も女も、子供も若者もオヤジも年寄りも、手を取り合って踊りはじめた。

国王はさっきまでの憂鬱はどこへやら、すっかり上機嫌。

爽やかな汗を流しながら、王妃に笑いかける。

「まるでこの王都全体が、ワシらの若い頃に戻ったかのようだ、なあ!」

「あなた、まわりをご覧になって！　いたるところに『蓄音箱』が置いてあるでしょう!?　今この街では『蓄音箱』がブームになっていて、古い『蓄音箱』を直して使っているそうよ！」

「なるほど、そういうことだったのか！　でも、なぜ今になって?」

「ほら、あの看板！　ダンス大会の予選で優勝した子たちの似顔絵よ！　あの看板に描かれている子たちが、大会で『蓄音箱』を使ったのがきっかけになったんですって！」

王妃の指さす先を見た国王。

もはや驚きを通り越して、乾いた笑いしか出てこなかった。

「……は……ははっ。は……はっはっは……。ま……またしても、またしてもユニバスか……。あの者はいったいなんなんだ……いったい、何者だというのだ……」

それからも国王と王妃は、街の人たちと一緒になってペアダンスを踊り明かした。

「ええ、喜んで！」

その休憩時間の合間、国王は『泉の精霊院』でもらってきた、瓶詰めの泉の水を王妃に渡す。

泉の水を飲んだ王妃の肌はつやつやになり、目元の小ジワやほうれい線が消えた。

見ようによっては三〇代、いや二〇代にも見えかねないほどになってしまった王妃。

国王と王妃は、まるで魔法にかけられたかのように、びっくりして顔を見合わせていた。

「おい、お前、いつの間にそんなに若返って……！」

「えっ、あなたも、まるで若い頃に戻ったみたいになっているわ！」

そしてふたりは笑い合う。

「あっはっはっはっはっ！　泉の水が、僕たちを若返らせてくれたんだ！」

「そうね！　それにふたりではしゃいだのは久しぶりね！　こんなに楽しいと、心まで若返ったみたいになるだなんて！　まるで、神様がくださった奇跡みたい！」

王妃は無邪気にそう言ったが、その言葉は国王に深い感慨をもたらす。

なにせ、その神のような奇跡をもたらした男の活躍を、これまで嫌というほど見せられてきたからだ。

そう、その男の名は、『ユニバス』……！

この時国王は、ある決意を固めていたのだが、そこに衛兵大臣が青い顔をしてやってきた。

「こ……国王、お戻りになっていたのですね！　この体たらく、大変申し訳ございません！」

「なんだ、なにかあったのか？」

「はい、ティフォン様をさらった凶悪犯のユニバスの手配書が、民衆に剣がされているのです！

何度も貼り直しているのですが、いたちごっこで……！　しかしご安心ください、首謀者とおぼしき『ジャンジャンバリバリ』を捕らえましたので、事態は沈静化の方向に向かうはずです！」

さらに将軍がやってきて、折り目正しい敬礼をした。

「国王、お帰りなさいませ！　国王がフーリッシュ王国に行かれている最中に、凶悪犯ユニバスを捕まえるための特別捜査隊の結成が完了しております！　あとは最後のご決断さえいただければ、すぐにユニバスを捕らえてごらんにいれましょう！　ここで勇者様に協力しておけば、後に帝国になるであろうフーリッシュから優遇されるのは間違いありません！　さぁ、今すぐに我らにご命令を！」

しかし国王は、大臣にも将軍にも首を横に振る。

「大臣よ、捕らえた首謀者を釈放せよ。その者に罪はない。そして、もう手配書を貼る必要はない。国内の手配書はすべて剝がし、あれと同じものを貼るのだ」

国王は、広場にあるダンス大会優勝者を描いた看板を指さす。

さらに将軍にも申し伝える。

「将軍よ、せっかく編成してもらったところを悪いのだが、ユニバス特別捜査隊はすべて解体せよ。国内の衛兵にも、ユニバスへの特別警戒を解き、『勇者祭』の警備に力を入れるように伝えてほしい」

すると大臣と将軍は、「「ええっ⁉」」とハモった。

「国王！　ユニバスはまだこの国にいるのですぞ⁉　それなのに、指名手配をやめてしまうということですか⁉」

「そうだ。ユニバス……いや、ユニバス殿は凶悪犯ではない。ティフォン殿がさらわれたというのは、すべて勇者のウソだったのだ。ティフォン殿は勇者の暴虐から逃れ、ユニバス殿とハネムーンを楽しんでいる最中。それを邪魔するのは、このワシが許さん」

「ゆ……ユニバスをそこまで擁護なさるとは……!? い……いったい、フーリッシュ王国に行かれている間に、なにがあったのですか……!?」

しかし国王の乱心は、これだけでは終わらなかった。

「大臣、そして将軍よ！ 今すぐにユニバス殿を捜し出すのだ！ そして凶悪犯としてではなく、国賓として丁寧に保護せよ！ なぜならばユニバス殿こそが、今の我が国になによりも必要な存在だからだ！ なんとしても捜し出して、ワシの側近として召し抱えたい！ 必要とあらば、このワシが自ら出向いてもかまわんっ!!」

「えっ……ええええええええええええええ――――――――っ!?!?」


凶悪犯から国賓にグレードアップされたことも知らず、俺とティフォンはひたすらに馬車を走らせていた。

「あっ、ユニバスくん！ 見てみて！ すごいおっきい湖があるよ！」

「いや、あれは湖じゃなくて海だ」

「うみーっ!? うわあっ、海なんてわたし、初めてみたーっ!?」

「キミの住んでるウインウィーンの近くにも海はあるだろう。空を飛べるのに、海を見たことがなかったのか？」

「うん！ だって空を飛ぶと危ないって怒られるもん！ 移動はずっとちっちゃい家みたいなのに

入れられてたし！　ねぇユニバスくん、もっと近くで海を見たい！」

「ああ、それならこのまま行くと岬に着く。そこでたっぷり海が見られるぞ」

「やったーっ！　目から朧《うみ》が出るほど海をみよーっと！」

それからしばらく走り、俺たちは岬に到着した。

岬の先端は桟橋になっているが、周囲に船の姿はない。

目の前にはパノラマの大海原が広がっている。

ティフォンは手をひさしのようにして、感激しながらあたりを見回していた。

「すごい！　空と海がくっついてるよ！　すごいすごい、すごーいっ！　あっ、遠くに島が見える！

おーい、やっほーっ！」

「あれが『コンコントワレ』だよ」

「そうなんだ！　そういえばコンコントワレって島国だって学校の授業で習った！　じゃあここか
らは船ってことだよね!?　おーい、ふねーっ！」

しかし呼びかけたところで船が来るわけもない。

ティフォンはしばらく叫んだあと、眉をハの字にした。

「ユニバスくん、船、ぜんぜん来てくれない!?　これじゃ渡れないよ！　むうっ、せっかくここま
で来たのにぃ！」

「大丈夫だ、ちゃんと渡る方法はある」

「ホントに!?　どうやるの!?　あ、わかった！　泳いで渡るんだね!?　ざぶざぶーって！」

「いや、歩いて渡る」

「えっ」

俺が歩いて海を渡ると言った途端、ティフォンの目が点のようになった。

「なにを言っているの？　ユニバスくん？　あ……もしかして、水の精霊さんの力を借りて、海の上を歩くとか？」

「うん、半分正解だが、半分ハズレだ。まあ、実際にやってみたほうが早いだろう」

俺は言いながらしゃがみ込み、屈伸運動を始める。

ティフォンの目は点のままだ。

「なにやってるの？　ユニバスくん？」

「身体をほぐしてるんだ。これからやることは、ちょっとばかり大仕事だからな。ちょっと手伝ってくれるか？」

「うん、いいけど……」

俺は腑《ふ》に落ちないティフォンと、組になってストレッチをした。

地面に足を投げ出して座り、背中を押してもらったり、両手を繋いで引っ張り合ったり。

そのうちティフォンは楽しくなってきたのか、自分もストレッチしてほしいと言いだした。

それはやぶさかではなかったが、いまの彼女は肌も露わな踊り子の格好。

そんなのでストレッチをするものだから、いちいちものすごいビジュアルになってしまった。

伏せたときは胸がたゆんと紡錘形《ぼうすい》に垂れ下がり、反らしたときは荒波のようにたぷたぷ波打つ。

「そうそう、わたし、こんなこともできるんだよ！」と、バレエダンサーのように片脚を真上に上げたときは、トライアングルゾーンが丸見えになり、思わず目をそらしてしまった。

「ねえすごいでしょ、ユニバスくん！　むぅ、ちゃんと見てってば！」

「わかったわかった、わかったから足を下ろせ。ストレッチはもうこのくらいでいいだろう」

俺は準備運動を中断して、いよいよ技の準備に入る。

『精霊たらし』のスキルの中でも、最大級に属する『大技』だ。

「ティフォン、これからすることは声量も重要なんだ。俺のあとに続いて、海に向かって同じことを叫んでくれるか？」

「うん！　わたし、おっきな声を出すのも得意だよ！」

ティフォンは喜び勇んで、波打ち際にある岩の上にピョンと飛び乗る。

「準備オッケーだよ！」と合図を送る彼女にあわせ、俺は両手をバッと広げて海に向けた。

「海の精霊たちよっ！」と第一声を放つと、「海の精霊さんたちーっ！」と風鳴りのような声が続く。

波が割れる音に負けないように、俺は腹から声を出した。

「俺たちはキミたちの祖国、コンコントワレへの道を望むものである！」

「わたしたちはあなたたちの国、コンコントワレに行きたいの！」

「俺たちは決してキミたちに仇《あだ》なすことはない！　種族は違えど、心はキミたちとともにある！」

「わたしたちはキミたちと仲良くしたいの！　属性は違っても、同じ精霊だから！」

「もし俺たちを受け入れてくれるのであれば、この海を割り、その道を示してほしいっ！」

「もし私たちと仲良くしてくれるんだったら、この海を割り……わ……割るっ!?　海を割るだなんてそんなこと、いくらなんでもできるわけが……！」

唖然とした様子で俺のほうに振り返るティフォン、しかしその動きが、ピタリと硬直する。

……ゴゴゴゴゴゴゴゴゴゴゴゴゴゴ……！

と背後より響く、海鳴りの音を聞いたからだ。

「ま……まさか、まさかっ……⁉」

震えながら視線を戻した彼女が、目にしたものは……。

俺たちのいる桟橋から、まっすぐにコンコントワレへと延びる、白波の道。

それはまるで、表面が青いケーキにナイフを落とし、中のクリームが少しだけあふれたような光景だった。

言葉にするとただそれだけなのに、ティフォンは耳がぱたぱた上下するほどに震えていた。

「ままま、まさか、まさかっ、本当にっ……⁉」

その、まさかであった……！

……どごわっ……しゃぁぁぁぁぁぁぁぁぁぁぁぁ――――――――――――――――――んっ‼

次の瞬間、白い波を皮切りに海が真っ二つに割れ、海底の道が目の前に広がった。

「どひゃぁぁぁぁぁぁ――――――――――――――――――――っ⁉⁉」

ティフォンは豆バズーカをくらった鳩《はと》のような表情でひっくり返る。

岩から転げ落ち、後ろでんぐり返しの途中みたいな、あられもない体勢になっていた。

「大丈夫か、ティフォン」

「ふっ……ふひぃぃぃ……！　だ、大丈夫じゃ、ないよぉっ……！」

助け起こされたティフォンは、ほっぺたを何度もつねりながら、割れた海を見ていた。

「ま……まさか海の上を歩くんじゃなくて、海を割っちゃうだなんて……」

「驚くのはそのくらいにして、早く行こう。海を割るのは水の精霊たちにとって、かなり力を使うことなんだ」

「そうなの？　だったらこんな大変なことをせずに、橋を架けるか船を渡せばいいのに」

「キミもお姫様なら知ってるだろう。精霊の国々は人間の立ち入りを一切認めていない。だから橋なんてないし、船で近づこうとすれば沈められてしまうんだ」

「そういえば、ウインウィーンもパパ……精霊王に認められないと、人間は入れないようになってるね。ってことはユニバスくん、水の精霊王に認められてるってこと⁉」

「認められてるっていうか、ここに来るのは二度目だから、顔を覚えててくれてたんだろう。門前払いされたらどうしようかと思ってたけど、また受け入れてもらえてよかった。さぁ、おしゃべりはこのくらいにして、そろそろ行こう」

「う……うんっ！　わたし、水の精霊さんの国に入るの、初めてなの！」

俺とティフォンはトランスの馬車に乗り込むと、桟橋を降り、水のない海へと歩を進める。

ゆらゆらと揺れる水の壁の狭間に、ティフォンはさっそく大興奮。

「うわっうわっうわっうわっ⁉　うわぁぁぁぁぁ――――っ⁉⁉　すごい！　すごすぎるよ、ユニバスくんっ！　見て！　カラフルなお魚がいっぱい泳いでるよ！　かわいいっ！　きれーっ!!」

水の精霊の国はまだ入口だというのに、風の精霊のお姫様は、おのぼりさんみたいにキョロキョロが止まらなかった。

第五章 水の精霊王、俺を溺愛

ワースワンプの国王は、『ユニバス指名手配』を解除した。

その名を『ユニバス特別迎賓』に変え、ユニバスの捜索を家臣たちに指示。

先日のダンス大会の予選において、ユニバスとティフォンが優勝ののちに逃走した情報を集めさせ、コンコントワレの方角に向かっているというのを突き止める。

国王は王妃とダンスを踊ったばかりだというのに、自ら家臣たちを引きつれてそのあとを追った。

そしてワースワンプの果てにある岬、その手前にある山にさしかかる。

その先にあるのは国王にとっては見慣れた海のはずであったが、今だけは、我が目を疑うような景色が広がっていた。

ふたりの男女が仲睦《むつ》まじそうに乗る馬車が、海の中を走る。

海の中といっても、水中でも水上でもなく、陸の上。

なんと馬車は、真っ二つに割れた海の間を走っていたのだ……！

それはまるで、神が起こした奇跡のよう。

今までさんざんユニバスに驚かされてきた国王だったが、これには腰砕けになっていた。

「う……海割りは、精霊王に認められた者にしか起こせぬはずの奇跡……！　精霊王に認められる人間というのは、一〇〇年に一度、いや、一〇〇〇年に一度しか現れぬという……！　そのひとりは勇者とされていたのに、まさか、ここにも存在していたとは……！　勇者に匹敵する力を持つユニバス殿は、いったい何者だというのだ……⁉」

そう驚嘆する国王の中で、あるひとつの『もしかして』が浮上する。

――もしや、かつて勇者が起こしたという海割りの奇跡も……ユニバス殿が起こしたものではないのか……？

勇者はワシが知る限りではあるが、とてもではないが奇跡を起こせる人間には見えなかった……！

ワシはユニバス殿と会ったことはないが、彼が残した偉業から察するに、とんでもない人間であるというのは明白……！


国王の中で、あるひとつの結論が弾き出された。


――間違いない……！　ユニバス殿は、勇者パーティの一員であった……！

きっと勇者パーティにいる頃に、ティフォン殿と知り合ったのだ……！

そうだ……！　そうに違いない……！

そう考えると、ユニバス殿は風の精霊と、水の精霊に慕われているということになる……！

な、なんという……！

なんという『精霊たらし』な男なのだっ……！


国王はついに落涙した。

「ほ……欲しいっ！　なんとしても、ユニバス殿を我が国に迎えたいっ……！　ワシの心はとうとう精霊のように、ユニバス殿の虜《とりこ》となってしまった……！」

涙声で手を伸ばし、山の頂上からユニバスを求める国王。

しかしユニバスは海の道を進み、どんどん小さくなっていく。

国王は叫んだ。

「み……みなの者、なにをグズグズしておるっ！　今すぐ山を下り、ユニバス殿を追うのだ！　コンコントワレに入られてしまっては、こちらから手出しができなくなってしまうのだぞ！　みなの者、死ぬ気で追うのだーっ！」

「おおーっ!!」

まるで戦争の最中のように、山の斜面を馬車で駆け下りるワースワンプ軍団。

転げ落ちるようにして山を下り、最短で岬にまでたどり着いたのだが……。

残酷にも、眼前で幕は下りてしまった。

……どっ、ぱぁぁぁぁぁぁぁぁぁぁぁ――――――――――――――んっ!!!!

割れていた海は砂楼のように崩れ去り、あたりを荒波で満たす。

国王は波にさらわれそうになるのもかまわず、海に向かって手を伸ばしていた。

「おっ……！　おおぉぉ――――――――――っ!?　い、行かないでくれっ……！　行かないでくれぇぇぇぇ――――――っ!!　ゆ……ユニバス殿っ……！　ユニバス殿ぉぉぉぉぉ～～～～～～～～っ!!」

とうとう男泣きを始める国王。

家臣たちは身体を張って、押し寄せる波から国王を守っている。

家臣たちは当初、国王がユニバスに熱を上げている理由がまったくわからなかった。

しかし今は口々に、ユニバスのことを賞賛している。

それほどまでに、この海割りの奇跡は偉業であったのだ。

「す……すごい！　ユニバス殿はとんでもないお方です！」

「歴代のワースワンプの国王ですら招かれたことのなかった、水の精霊の国に入るだなんて……！」

「ユニバス殿が我が国にいれば、コンコントワレとの同盟も夢ではありません！」

「コンコントワレは隣国にありながらも、我が国とは国交を断絶する間柄でした！　それが改善されれば、国王の名は歴史に残り、初代国王と並び称されるほどの偉大なる存在となることでしょう！」

「さらにユニバス殿は今、王都の国民の間でも大人気です！　召し抱えることができれば、大いに国民の支持を得られることでしょう！」

「国王！　なんとしてもユニバス殿を我が国に迎えましょう！」


時は少し戻る。

フーリッシュ王国の城内を、いかにも位の高そうな着飾った聖女が、多くのお供を従えて歩いていた。

その前に、地味なローブの聖女が現れ、息せききって近づいてくる。

「た……大変です！　ホーリードゥーム様っ！」

「なんですかボッコ、騒々しい。それに私は今、聖機卿《せいききょう》に呼ばれていて忙しい身なのですよ」

「そ、それが……！　急いでお知らせしておかなくてはいけない大変な事態が発生しました！」

「仕方がないですね、言ってみなさい」

「は、はいっ……！　『泉の大聖堂』が沈黙しました！　勇者様の像が、へんな男の像に敗れてしまったそうです！　そのへんな男は、あちこちでへんなことをしていて……！　いかがいたしましょう⁉」

「そうですか。では、そのへんな男がどこまでやれるのか、見ているとしましょう」

「承知しましたっ！」

「などと、言うと思っているのですか？」

ホーリードゥームと呼ばれた聖女は、口調こそ落ち着き払っていたが、その腕はローブの裾を跳ね上げるほどに高く振り上げられていた。

拳に嵌《は》められた『H』『O』『L』『Y』とイニシャルを象った指輪がギラリと輝く。

そのまま渾身《こんしん》のストレートを、報告に来た聖女、ボッコの鼻っ柱に叩き込んでいた。


……ドグワッ……シャアアアアアアア――――――――――――――――――ッ！！！！


「げっ……げえええええええええええええ――――――――――――――っ⁉⁉」

殴られ聖女ボッコは理不尽きわまりないといった悲鳴をあげる。

カーペットと同じ色の血しぶきをあたりに撒き散らしながら、廊下の果てに吹っ飛ばされていった。

ホーリードゥームは血の海に沈む聖女に「ふん」と鼻息を投げかけたあと、廊下を歩き出す。

その表情は静かな森の湖畔のように穏やかであったが、内心は、自殺の名所と呼ばれそうな海のように荒れていた。


——ぐっ……！　あのクソババアを大人しくさせるための材料を、ここにきて失うだなんて……！


それから小一時間後、ホーリードゥームはその『クソババア』の部屋を訪ねる。

「……聖機卿様、ホーリードゥームでございます。お呼びでしょうか？」

クソババアこと聖機卿の老女は、出番を控えたベテラン女優のように、ドレッサーの前でメイクを直していた。

彼女は振り向きもせず、鏡越しにチラ見するだけ。

「やっと来ましたか、ホーリードゥームさん。なぜ呼び出されたかはもうわかっていますよね？」

「はい、先日の精婚式での失態ですよね？」

「その通りです。勇者様の精婚式を台無しにするだなんて、聖女としてあるまじき行為です」

「お言葉ですが聖機卿様、あれは無能のユニバスが……」

「お黙りなさい。言い訳など聞きたくありません。どんな理由だったとしても、精婚式が失敗した場合、その式を取り仕切っている聖女の責任になるのです。そんなことは常識のはずでしょう？　それともあなたは聖女から一気に大聖教にまで上り詰めたものだから、常識がないのかしら？」

「いえ、そんなことは……」

「そうとしか思えませんねぇ。あなたの常識のなさは、なによりもそのローブが物語っています。聖皇母様がお召しになっているものよりも、目立つローブを着るだなんて……。あなたは、次期聖皇としてもっとも有力な人物とされていますが、気が早すぎるのではないですか？」

ホーリードゥームは、わずかに血の残る拳を握りしめていた。

そして呪詛《じゅそ》のように、心の中で何度もつぶやく。

――このクソババアっ……！　なんの力もないくせに、偉そうにしやがって……！

グーで殴ってやろうかっ……！

でも今殴ったら、私の聖皇の道が、パーにっ……！

聖女には、七段階の階級が存在する。

『準聖女・準聖母』

　聖堂で働く、ようは下っ端のこと

『正聖女・正聖母』

　通常の規模の聖堂や、精霊院の管理者の地位

　世間的には『準聖女・準聖母』とひっくるめて『聖女・聖母』と呼ばれている

『大聖女・大聖母』
　規模の大きい大聖堂や、大精霊院の管理者の地位

『聖教司女・聖教司母』
　地域の聖堂をとりまとめる地位

『大聖教女・大聖教母』
　国内の聖堂をとりまとめる役割
　ホーリードゥームは現在、この立場である

『聖機卿』
　聖皇の顧問役
　異なる世界で例えると、『枢機卿』に相当する

『聖皇女・聖皇母』
　聖堂における最高権力者
　異なる世界で例えると、『教皇』に相当する

そして各役職には、『聖女』と『聖母』、二種類のカテゴリが存在しているのだが、それは能力の差によって区分される。

乙女のような愛で浄め、邪《よこしま》を退けるのは『聖女』。

母のような愛で包み、傷を癒すのは『聖母』。

ようは、攻撃タイプか回復タイプかの違いである。

両者には、表向きには地位の差は存在していない。

しかし彼女たちのトップである『聖皇』がどちらのタイプかによって、暗黙のヒエラルキーが出来上がる。

現在のトップは『聖皇母』なので、今は『聖母』のほうが『聖女』よりも上となっていた。

ちなみにではあるが、『聖機卿』には聖女と聖母の区分が存在しない。

これは顧問役という特殊な役職上、聖女や聖母にゆかりの深い王族などが就いているからである。

ようは、ただの天下り先であった。

ホーリードゥームはその、なんの能力もないクソババアこと、聖機卿にイビられていたのだ。

クソババアはお局《つぼね》様のように、時には姑《しゅうとめ》のように、ホーリードゥームをネチネチと責め続ける。

「それで、有能なホーリードゥームさんのことですから、精婚式の失態を埋め合わせる活躍をなさっているんでしょうねぇ？　でなければ私のところにノコノコと、お顔を出せるわけがありませんものねぇ」

「ぐっ……！　そ、それが、まだ……！」

実はホーリードゥームは、『泉の大聖堂』の躍進を手土産にするつもりでいた。

しかし直前になって、勇者の像がへんな男の像に敗れたと知らされ、手土産はパァになっていたのだ。

ホーリードゥームは、今更ながらに怒りがこみあげてくるのを感じていた。

──ぐぐっ……！ へんな男っていうのは、いったい何者なの……⁉

っていうか、報告に『へんな男』ってありえないでしょ……⁉

普通、もっと調べて報告するもんでしょうがっ……！


ホーリードゥームはたっぷり数時間ものあいだ、クソババアにイビられ続けた。

彼女は聖機卿の執務室を出るや否や、廊下を歩いていたボッコの首根っこを摑んで、人気《ひとけ》のないところに引っ張り込んだ。

「ひっ……⁉ ひぎいいっ⁉ もうぶたないで！ ぶたないでくださいぃぃ！ ホーリードゥーム様ぁ！」

顔じゅうを『ＨＯＬＹ』のアザだらけにされたボッコは、すっかり萎縮している。

部下をサンドバッグにしていくぶん気が晴れた彼女は、ボッコに命じた。

「ボッコ、すぐに『泉の大聖堂』を管理する大聖女に、毒を送るのです。『泉の精霊院』の泉にその毒を入れれば、精霊院の泉からは精霊がいなくなって、大聖堂に移ることでしょう」

「それが、泉の大聖堂はもう跡形もなくメチャクチャになって、管理していた大聖女も行方不明になってしまったのです！」

「なんですって？　せっかくこの私が、目をかけてやっていたというのに……」

ホーリードゥームは、勇者パーティにいた聖女である。

魔王討伐の際に『泉の精霊院』に立ち寄り、そのときはまだ精霊院に所属していた中年の聖女に目を付けた。

ホーリードゥームは中年聖女に毒を手渡し、こうささやきかけたのだ。

「私たちパーティがこの精霊院を去ったあと、泉にこの毒を入れるのです。泉の精霊は、一匹残らずいなくなることでしょう。あなたは他の聖女たちを引きつれて、この近くに新しい大聖堂を建てるのです。そうすれば聖母をひとり失脚させることができるうえに、あなたは大聖女になれるのです。万年ヒラ聖女だったあなたには、夢のような話でしょう？」

「で……でも、ホーリードゥーム様！　私には、大聖堂を建てるようなお金は……！」

「その点なら大丈夫、いいパトロンを紹介してあげましょう。精霊院に所属している、他の聖女たちの身体も利用するのです。『これは、ホーリードゥーム様の導きであると』そう言えば、聖女たちはきっとあなたの言うことを聞いてくれます。あとは聖母ひとりだけになれば、この泉の精霊院は自然消滅することでしょう。なにもかもが、私たちのものになるのです。泉の水は滋養強壮の効果がありますから、歓楽街を作れば大儲けできるでしょう。その献金があれば、私は聖皇女となれ、あなたもさらに出世できるのですよ……！」

ホーリードゥームは勇者パーティの聖女として、魔王討伐のために世界各地を旅した。

彼女はその最中、いたるところにまき散らしていたのだ。

魔王討伐後に、自分が聖女のトップとなるための『種』を。

『聖母』が管理している聖堂などを見つけると、そこにいる『聖女』に目を付け、聖母失脚をそそのかす。

失敗してバレてしまった場合は、トカゲの尻尾切りとばかりに知らぬ存ぜぬを貫く。

成功した場合は自分の派閥に組み入れ、さらなる勢力拡大を目論む。

そう、彼女は『種』でなく『土壌』を作り上げることにも余念がなかった。

一輪の『聖皇女』として咲き乱れるのではなく、毒の花畑を作り上げ、その地位を盤石なものにしようとしていたのだ。

しかしその一角が、『へんな男』の手によって崩れ去ってしまう。

ホーリードゥームの頭の中は、ふたりのいまいましい男の顔でグチャグチャに荒らされていた。

ひとりはユニバス、そしてもうひとりは、顔がハテナマークになっている『へんな男』。


――くそっ、ユニバスめ……！

この私が仕切っている精婚式を台無しにするだなんて……！

アイツはいつもそうだった！　無能のくせに、他人の足を引っ張ることにかけては一流で……！

それに加えてなんなの、『へんな男』って……！

いくら像とはいえ、勇者ブランドに勝つだなんて、きっととんでもない男に違いない……！

彼女はまだ知らない。

気になる男ふたりが同一人物であることを。

ホーリードゥームは『へんな男』の正体を気にはしたが、今はそれどころではない。

今はそれよりも、精婚式を失敗させてしまった失点の埋め合わせを、早急にしなければならなかった。

そして彼女はついに決意する。

禁断の封印を解き放つことを。


ホーリードゥームは、フーリッシュ王国の王都のはずれにある山々に来ていた。

あたり一帯の山はすべて開墾されており、贅《ぜい》を尽した屋敷が建ち並んでいる。

ここは王族や貴族などが住む高級住宅街。

ホーリードゥームの邸宅は山ひとつ丸ごと使ったもので、裏手には大きな人工の海があった。

庭がわりの海の前で純白の馬車を降り、砂浜を歩くホーリードゥーム。

完全なるプライベートビーチには、水着姿の美女たちの姿がちらほらあった。

彼女たちは貝殻のビキニを身に着けており、海の中でイルカのように泳ぎ回っている。

しかしホーリードゥームの姿を見るなり、波打ち際に整列してひれ伏す。

美女たちは目も覚めるほどの容姿で、いずれ劣らぬナイスバディであった。

しかし足がなく、下半身は魚の形をしている。

そう、彼女たちは人魚の姿をした『海の精霊』たち。

打ち上げられた魚のような美女たちは、面《おもて》をあげて聖女にすがった。

「ホーリードゥーム様、お願いです。私たちを本物の海に帰してください」

しかしホーリードゥームは白いヴェールで覆われた顔を左右に振る。

「あなたたちは、ユニバスの遺言を守ると誓ったのではないのですか？　ユニバスは死の淵《ふち》にあって、私にこう言ったのです。『どうか海の精霊たちよ、ホーリードゥーム様の輝かしい未来のために忠誠を誓ってほしい』と。

ならば海になど帰らず、私のそばにいるべきでしょう」

「はい、ユニバスさんの遺言に従い、私たちのすべてはホーリードゥーム様のものです。でもその忠誠と、本物の海で泳ぎたいという気持ちは、相反するものではないと思います。お願いです、逃げたりはしません。一度でいいですから、本物の海に……」

ホーリードゥームは魔王討伐後、ユニバスの遺言をでっちあげ、人魚たちを連れ去る。

国王から褒美として与えられたこの山に、人魚たちの力でプライベートビーチを作らせた。

人魚の力があれば、人工的な波を起こすことなどたやすいこと。

彼女は『海を持つ聖女』として、一躍有名になる。

さらにホーリードゥームは、人魚たちをプライベートビーチに閉じ込め、決して外に出さなかった。

なぜならば、精霊たちは特殊なネットワークを構築し、情報をやりとりしていることを知っていたから。

今、一度でも人魚たちを海に放そうものなら、バレてしまうと思ったのだ。

ユニバスが、実は生きているということが……！

人魚たちはさめざめと泣きだす。

「ううっ……！　私たちはこんなにも、ホーリードゥーム様のために尽しているのです……！　それなのに、海にすら行かせてもらえないなんて……！」

ホーリードゥームは口元にサディスティックな笑みを浮かべていた。

「そこまで言うなら、海に行かせてあげましょう」

「ほ……本当ですか⁉」

「ええ。そのかわり、条件がひとつあります」

「なんでしょうか⁉　海に行けるなら、なんでもします！」

「本物の海で、あなたたちの力を使い……。『海割りの奇跡』を起こしてみせるのです……！」

「えええっ⁉　『海割りの奇跡』ですって⁉」

「そんなのムチャです！　あの奇跡には、多くの力を使うのです！　とても、私たちだけでは……！」

「そうです！　下手をすると私たちの誰かが死んでしまうかもしれません！」

「そうですか、ならば海に行く話はナシということで」

ホーリードゥームはあっさりそう言って踵《きびす》を返す。

背後から「そ、そんな……！」と人魚たちの悲しげな声が。

やがてリーダーらしき人魚が、自らの半身を刺身にするかのような、切羽詰まった様子で言った。

「わ、わかりました！　やります！　『海割りの奇跡』を！　ですから、海に行かせてくださいっ！」

ホーリードゥームは、砂浜に刻みつつあった足をぴたりと止める。

振り向くと、感謝も喜びもない、さも当然といった顔をしていた。

「そうですか。それでは海に連れて行ってあげましょう。そのかわり、もし失敗したら、あなたたち全員の命はないと思ってください。一匹や二匹を犠牲にしてでも、必ず成功させること、いいですね？」

その口調はいたって平易。

今までさんざん尽してくれた精霊たちだというのに、働いて当然の機械にでも命じるかのようであった。

ホーリードゥームは自宅の使用人に、人魚たちを海に移しておくように命じる。

彼女は屋敷でひと休みすらせずに馬車を走らせ、フーリッシュ王国の端にある海岸へと向かった。

今日その海岸では、勇者ブレイバンと、海峡を挟んだ先にある隣国である、キングバイツ王国との会食が行われていた。

メニューはもちろんバーベキュー。

ホーリードゥームは、きっと楽しげな宴が開かれているのであろうと想像しつつ、海岸へと向かったのだが……。

浜辺では勇者と、魔導装置の開発部署の主任であるアパーレが正座させられており、キングバイツ国王からのお説教の真っ最中。

国王はなぜか、爆発コントのようなチリチリパーマになっており、全身黒焦げになっていた。

「くらあっ！　なにが、いま若者の間で大流行のドッキリだ！　さては海では勝てないからって、陸で事故に見せかけて俺を殺そうとしてたんだろう!?　不愉快だ！　俺はもう帰るぞ！　同盟強化の話も白紙だ！　考え直させてもらうぜ！」

なにが原因かはわからないが、どうやら国王は激怒しているようだった。

ホーリードゥームは颯爽《さっそう》と話に割って入る。

「おまちください、キングバイツ国王！」

「おおっ、ホーリードゥーム殿！　あいかわらずべっぴんさんじゃねぇか！」

キングバイツ国王は、海の獣のツノで作った兜《かぶと》を被り、ウロコで作った鎧《よろい》を着ている。

豪快な口調と筋骨隆々とした身体つきは、国王というよりは『海の男』と呼ぶにふさわしい。

その見た目のとおり、キングバイツは世界有数の海軍国家であった。

国王が帰ると言いだしたので、沖で停泊してあった戦艦からは迎えのボートが出てきている。

ホーリードゥームはそのボートを見やりながら言った。

「お帰りになるのでしたら、この私が最高のセレモニーをもって、国王をお見送りいたしましょう」

「ほう、なんだ？　聖女の姉ちゃんたちが花道でも作ってくれるのか？」

「そんな、並の聖女たちを集めてお送りするだけなのであれば、なんの力もない聖機卿ですら可能です。私が集めるのは、『海の精霊』」

国王はちょっと小馬鹿にしたような表情だったが、『海の精霊』と聞いた途端、表情を一変させた。

「なんだと？　ホーリードゥーム殿は、海の精霊たちを自由に集められるというのか？　そんなバカな！　そんな芸当、海の男である俺ですら無理だというのに！」

「国王、私の二つ名をご存じありませんか？」

「二つ名……？　そうか、ホーリードゥーム殿は『海を持つ聖女』と呼ばれていたな！」

「そうです。この私にかかれば海の精霊ですら自由に操れます。その力で国王を、船ではなく……。

歩いて祖国へとお送りいたしましょう」

「なっ、なにっ⁉ まさか、海の上を歩けるというのか⁉」

「いいえ、そんなチンケな曲芸ではありません。私がお見せするのは、『海割りの奇跡』っ……！」

「「「えっ……えぇぇぇぇぇぇぇぇぇぇぇぇぇぇぇぇ――――っ⁉⁉」」」

これにはキングバイツ国王だけでなく、隣で聞いていた勇者と主任もビックリ仰天。

正座させられていたブレイバンはあることに気づき、シュバッとホーリードゥームに飛びかかって耳打ちする。

「おい、ホーリードゥーム！ 『海割りの奇跡』って、まさかアレのことか⁉ 魔王討伐の旅のとき、コンコントワレに行くときにやったヤツじゃねぇだろうな⁉」

勇者の声は必死だったが、ホーリードゥームは「ええ、そのアレですよ」とあっさり答える。

「なんだとぉ⁉ そんなのお前にできるわけねぇじゃねぇか！ あっ⁉ まさか、俺様の力をアテにしてるんじゃないだろうな⁉ あのとき、俺様が海を割ったのは偶然だ！ 俺様自身、なんで海が割れたのかいまだにわからずにいるんだぞ！」

「あなたの力などなくとも大丈夫です。それよりも、あなたはキングバイツ国王に対してなにかヘマをやったのでしょう？」

「へ……へマじゃねぇよ！ ぜんぶユニバスが悪いんだ！ アイツのせいで……！」

「誰のせいかはともかく、『海割りの奇跡』でキングバイツ国王をお送りすれば、ご機嫌は取り戻せるでしょう。それどころか自ら進んで、フーリッシュ王国の属国になりたがるかもしれません。なにせ彼らは国を挙げて、海の精霊とかいう魚のできそこないを崇めているくらいですから」

ホーリードゥームはヒソヒソ話を続けながら、キングバイツの国王をチラ見する。

国王は信じられない様子で、ソワソワと震えていた。

「『海割りの奇跡』は我らキングバイツにとって、海神の力が具現化したものと伝えられている……！　もし、海割りの中を歩いて我が国に戻ることができれば、民からの人気は不動のものとなるだろう……！」

ホーリードゥームは妖しげに唇を歪め、勇者の耳に息を吹きかけた。

「あなたは、前回の会食でワースワンプ国王を怒らせてしまい、首が回らない状態なんでしょう？　もしここでキングバイツ国王まで怒らせてしまったら、精霊姫だけでなく、この国の姫との結婚もおあずけになるのではないですか？」

「ぐっ……！　そ、そのとおりだっ……！　だから、俺様からも頼むっ……！　『海割りの奇跡』で、キングバイツ国王のご機嫌取りを……！」

「いいでしょう。そのかわり、それ相応のモノを頂きましょうか」

「わかった、なにをすればいいんだ？」

「そうですねぇ、聖機卿を亡きものにしてもらえますか？」

「なんだと？　あんなババア、お前の得意な毒を盛れば一発だろう」

「それがあのクソババア、毒を異様なまでに警戒しているのです。パーティで出された料理や、差し入れすらもひと口も食べないのですよ」

「わかった。そういうことなら俺様がなんとかしてやる」

「では、契約成立、ですね」

……ニヤリッ！

と笑い合う男と女。

それは世に知られる、世界を救った勇者と聖女の面影などまるでない。

ただの、二匹の魔物であった。

フーリッシュ王国の浜辺、今までは『失敗バーベキュー会場』だったはずの場は一転。

『海割りの奇跡会場』となり、多くの人たちが詰めかけていた。

海割りの奇跡を披露できれば、フーリッシュ王国とキングバイツ王国の同盟は、さらに強固なものとなるのは間違いない。

その功績をより多くの民に見せようと、ブレイバンが部下に命じて呼び集めさせたのだ。

そして今回の仕掛け人であるホーリードゥームは、白い船で沖へと出ていた。

船に積んでいた檻《おり》には、プライベートビーチから運んできた、多くの人魚たちがひしめき合っている。

リーダーらしき人魚が、鉄格子を掴みながら尋ねた。

「ホーリードゥーム様、これはどういうことなのですか⁉　まさか檻のまま、私たちを海に沈める気ですか⁉」

「そうですよ。檻の中でも『海割りの奇跡』はできるでしょう？　それに、ひとりでも逃げ出して、奇跡が失敗したら困りますからね」

「そんな、私たちは逃げません！　お願いですから、自由に海を泳がせてください！」

「念には念を入れないと、ね」

ホーリードゥームは思っていた。

この人魚たちを海に放した途端、独自のネットワークでユニバスが生きていることを察するかもしれない、と。

そうなると全員が奇跡をほっぽり出して逃げ出すのは目に見えていたので、檻に閉じ込めたというわけだ。

ホーリードゥームは思わせぶりな口調で言う。

「でも安心なさい。『海割りの奇跡』が成功したら、あなたたちを自由にしてあげましょう。ですからなんとしても、奇跡を成功させるのですよ、いいですね？」

自由になれるとわかったとたん、人魚たちの表情は明るくなった。

「わ……わかりました！　がんばって奇跡を成功させます！　成功したら、自由にしてくれるんですね!?　約束ですよ!?」

「ええ、人間と精霊の約束です」

ホーリードゥームはたしかなる言葉で念押ししたが、彼女は当然のようにこの約束を守る気はない。

奇跡が成功しても失敗しても、閉じ込めた檻ごと引き上げて、人魚たちをまた自宅へと戻すつもりでいた。

奇跡が成功した場合は、今後も『人工波マシン』として飼い殺し。

たまに自由をチラつかせてやって、『海割りマシン』として一生使い倒す。

奇跡が失敗した場合は、人魚たちの弱点属性である土の中に生き埋めにして、庭の肥料にするつもりであった。

いずれにしても、人魚たちに明日などない。

彼女たちを見つめるホーリードゥームの顔は、さながら獲物を咥えて離さない猫のようであった。


——海の精霊など、魚と同じ……！

骨までしゃぶられるために、存在しているのですから……！


ホーリードゥームが浜辺に戻ると、いよいよ奇跡を披露する瞬間がやってきた。

檻ごと海に沈められた人魚たちは、健気に力を合わせて泳ぎまわり、海割りに適した場所を探す。

『準備ＯＫ』の合図である泡がぷくぷくと海面に立ったところで、ホーリードゥームも白い椅子から立ち上がる。

勇者の精婚式に使っていたのと同じ、白い魔導マイクを使ってみなに呼びかけていた。

『それではこれから、「海割りの奇跡」をお見せしましょう。これから起こることは、海の精霊たちが私に従っている証！　すなわち、私がその気になれば、海すらも割る力があるということです！』

「うおおお———っ！」と歓声が返ってくる。

キングバイツの国王は、戦艦に待機させていた部下たちをみな上陸させ、パレードの隊列を形成していた。

着飾って先頭に立つ国王は、腹からの雄叫びをあげる。

「ホーリードゥーム殿！　いや、ホーリードゥーム様！　海割りは、我ら海の男の永遠の憧れ！　こんな素晴らしい機会を与えてくださり、感謝しております！　あなた様は聖女の枠に収まる人物ではない！　聖皇女ですらちっぽけに見える！　もはや女神様だっ！」

一国の王にここまで言わしめ、観衆たちは「すげぇぇぇ――――っ！」とさらに大盛り上がり。

ホーリードゥームはもはや神にでもなったかのように両手を広げていた。

「それでは皆の者、我が奇跡を拝みたければ、ひれ伏しなさいっ！」

ホーリードゥームは『大聖教女』の地位の聖女である。

世界でナンバー3、国内ではナンバー1の実力者であるが、国王を前にこの態度は尊大すぎた。

しかし、もはや彼女に逆らえる者などいない。

浜辺に集まった大観衆は、「はは――――っ!!」とマスゲームのように膝を折っていた。

権力を手にした快感が、ホーリードゥームの全身を駆け巡る。


――きっ、気持ち、いいっ……！

今や私の前では、国王ですら思いのまま……！

今まで聖皇女を目指していたのがバカみたい……！

そう、これからは女神……！

私は世界を支配する、『女神』となるのよっ……！

ユニバスは言うまでもなく、勇者が敗れたという『へんな男』ですら敵《かな》わない、世界最強の女になるの……！

……バッ！


ホーリードゥームは両手を突き出し、海に向ける。

そのポーズは奇《く》しくも、ユニバスが奇跡を呼び起したときとまったく同じであった。

「我がホーリードゥームの名において命ずる！　海よ、割れよっ！」

それはユニバスがしたときのような地鳴りもなく、空が渦巻くような空気も発生しなかった。


……ぐおっ……しゃぁぁぁぁぁぁぁぁぁぁ……。


割れたときの音も控えめであったのだが、たしかに真っ二つになったのだ。

ユニバスのときは軍隊が通れそうなほどに広い道幅であったが、人ひとりがやっと通れそうなほどの狭い隙間しかない。

それでも、海はたしかに割れていたのだ……！

「おっ……おおおおおおおおおおおおおおお――――っ!?!?」

規模はともかく、海が割れたという事実に観衆は大興奮。

キングバイツの国王は、天にも昇るような気持ちで、現れた道へと踏み出していた。

「お……おおっ！　神よっ……！　まさに、神の御業……！」

しかし、キングバイツの軍勢が海の底を歩き続け、いちばん深い沖のあたりにさしかかった途端、まるで待ち構えていたかのように、

……どぷんっ。

海は開いていた口を、固い貝のようにぴったりと閉ざしてしまった。


時は少しだけ戻る。

『海割りの奇跡』を前に、人魚たちは檻の中で円陣を組んでいた。

「みんな、がんばりましょう！　私たちが海割りを成功させれば、自由に海を泳げるようになるのよ！」

「それも大事だけど、私はなによりも、ユニバスさんの遺志を守りたい！」

「そうね、ユニバスさんは私たちのことを見込んで、ホーリードゥーム様に推薦してくださったのだから！　私たちがユニバスさんに受けた恩は、この海よりも広い……！　だからこそ、そのお返しを精いっぱいしなくちゃ！」

「うん！　ユニバスさんに直接お返しできなかったのは残念だけど……。きっと私たちがホーリードゥーム様に尽くしているところを、天国で見てくれているよね！」

「それじゃ、みんな……！　ユニバスさんのために、全力を尽くしましょう！」

「おおーっ!!」

人魚の姿をした海の精霊たちは、かなり高位の力を持っている。

しかし『海割りの奇跡』ともなると、数百人規模の力が必要となる。

彼女たちはそれを、十数人でこなそうというのだ。

それはひとりひとりの負担が大きくなり、命を削ることを意味する。

それでも彼女たちは、かつてのユニバスの恩に報いたい一心で、奇跡を成功させた。

しかしやはり力不足で、海の中にできた道はだいぶ狭かった。

そのままでは通れなかったので、キングバイツの国王は、身体を横にしてのカニ歩きの要領で、海の狭間を進んでいく。

部下たちも、同じように隙間に挟まるようにしてあとに続いていた。

それは、奇跡の凱旋とは程遠い光景。

まるで路地裏をコソコソと歩いているかのようだったが、本人たちは大喜び。

これこそ『奇跡』だ……！　と。

彼らは知らない。

このとき、本当の『奇跡』が、別の場所で始まっていたことを。

人間の耳には聴こえなかったが、その声は、人魚たちの耳にたしかに届く。

『……俺たちはキミたちの祖国、コンコントワレへの道を望むものである！』

檻の中の人魚たちは『海割りの奇跡』に集中していたが、ふと、雷鳴を聞いたウサギのようにハッとなっていた。

「こ、この声は……？　もしかして、ユニバスさん⁉」

『俺たちは決してキミたちに仇なすことはない！　種族は違えど、心はキミたちとともにある！』

「間違いない、ユニバスさんだ！　まさかユニバスさんが、生きていただなんて！」

『もし俺たちを受け入れてくれるのであれば、この海を割り、その道を示してほしいっ！』

「はっ……！　はぁぁぁぁぁぁぁぁ――――いっ‼」

人魚たちは海割りの奇跡で使うはずだった、残りの力をすべて使って、檻を破壊。


……どっ……がぁぁぁぁぁぁぁぁ――――んっ‼

大きな魚影のようにひとつになって、海面へと飛び出す。

……どっ……ぱぁぁぁぁぁぁぁぁ――――んっ‼


「ユニバスさんっ！　いま……！　いま、まいりますぅぅぅぅ――――っ‼」

海にはクジラがジャンプしたかのような、巨大な水しぶきが上がっていた。

それは、ユニバスの『海割り』に続く、奇跡のような光景。

しかし、誰も見ていなかった。

なぜならば、

「あぁっ⁉ う、海が⁉ 海が元通りになった⁉」

「た、大変だ！ キングバイツの方たちが、海の中に沈んでしまったぞ！」

「早く！ 早くお助けしなければ！」

すると、遥か遠方の沖のほうから、いくつもの顔が飛び出す。

海底から自力で這い上がってきた、キングバイツ国王と部下たちである。

彼らは先ほどまでの興奮を、怒りに転化させていた。

「くっ、くらぁぁぁぁぁぁ――――――――――っ‼

この、クソ勇者がぁぁぁぁぁぁぁ――――――――――っ‼」

キングバイツ国王は、家宝の壺《つぼ》を野球少年のホームランによって割られた、カミナリオヤジのようになっていた。

バシャバシャ水しぶきをあげて大暴れ。

「なにが海割りの奇跡だっ‼ 一度ならず二度までも、この俺を罠にハメやがったなぁぁぁぁ――――――――――っ‼」

その怒気は遠く離れていても浜辺まで届き、ブレイバンを震えあがらせていた。

隣にいたホーリードゥームを、シュバッと盾にする。

「ち、違う！ 違います、国王っ！ 海割りはここにいるクソアマがやりはじめたことで、俺様は無関係ですっ！」

ホーリードゥームは唖然としていたが、すぐに『なすりつけモード』に意識を切り替える。

回転ドアのように、ブレイバンとの立ち位置を入れ替えた。

「恐れながら申し上げます！　私は最後まで国王をお見送りするつもりでしたが、勇者が私にこう命じたのです！　沖に行ったところで『海割りの奇跡』を中断させろ、そしたら面白いことになるから、と！」

ブレイバンとホーリードゥームはいがみ合うペアのダンスのように、お互いを沖に向けて押しやっていた。

そうこうしている間に、キングバイツ王国の面々は、どんどん沖へと流されていく。

とうとう彼らは救助のボートを待つことなく、自力で対岸にある自国まで泳ぎはじめた。

キングバイツ側の浜辺には、国王が凱旋を見せるために手配した民衆たちが詰めかけている。

本来ならば、『海割りの奇跡』の力によって帰国し、大歓声で迎えられるはずであった。

キングバイツの国民は国王を英雄としてたたえ、キングバイツ王国とフーリッシュ王国の絆は、永遠のものになるはずであったのだが……。

「おい、見ろよ！　国王が泳いでこっちに向かってきてるぞ!?」

「『海割りの奇跡』を見せてくれるんじゃなかったのかよ!?」

「船にも乗らずに帰ってくるなんて、海の男として一番の恥じゃねぇか！」

キングバイツ国王はトライアスロンかと思うほどに体力を消耗、ヘトヘトになって自国の浜辺になんとか這い上がる。

そこで待っていたのは、大勢の民の嘲笑であった。

国民の支持をすっかり失ってしまった国王。

彼の怒りは頂点に達し、全身を赤く塗られた阿修羅像のようになっていた。

「おっ……陸《おか》の上のドッキリなら、まだ許しもしよう……！　だが俺たちキングバイツの男にとって、なによりも神聖なる海で、イタズラを仕掛けてくるとは……！　こっ……こんな屈辱を受けたのは、生まれて初めてじゃぁぁぁぁぁ～～～っ！　戦争！　戦争じゃぁっ！　あのド腐れ勇者を、ブチ殺してやるぁぁぁぁぁ～～～～っ!!」

勇者ブレイバンは、さっそくフーリッシュ国王から呼び出しを受けていた。

「きっ……きっさぁまぁぁぁ～～～！　会食の場において、相手を火責め水責めにするとは、気でも狂ったかぁ――――っ!?!?」

「ち、父上、聞いてください！　これはすべてユニバスのせいなんです！」

「なに!?　ユニバスというのは、貴様から風の精霊姫を奪った男のことであろう!?　あやつは今、ワースワンプにいるそうではないか！　ワースワンプにいる人間が、なぜキングバイツの国王に狼藉を働けるのだ!?」

「えーっと、それはその、遠隔操作でバーベキューマシンを爆発させて、遠隔操作で『海割りの奇跡』の邪魔をして……」

ブレイバンはこの期に及んでもなお、ユニバスに罪を着せるという悪あがきを披露。

しかし、この国にいない人間を持ち出すのはさすがに無理があった。

「ばっかもぉぉぉぉぉ――――んっ！　そんなことができるわけがなかろう！　もしできるとしたら、貴様なんぞよりよっぽど有能ではないかっ！」

「そ、そんなことはありません！　ユニバスはとんでもなく無能なヤツで……！」

「貴様の言い訳など、もう聞きとうない！　キングバイツは書簡で、国交断絶をほのめかしてきたのだぞ！　今まで長きにわたって同盟を結んできた、我が国と！」

「そ、そんな⁉　これもなにもかもユニバスが……！」

「黙れっ！　キングバイツの国王は『勇者祭』が終わり次第、我が国に対して宣戦布告を行うと言っている！　貴様には、その責任を取ってもらうぞっ！」

「えっ、責任……？」

と、ブレイバンの両脇に大柄な兵士たちが立つ。

彼らはブレイバンの腕を取ると、ひょいと持ち上げた。

「ぶっ、無礼者っ⁉　なっ、なにしやがるっ⁉　離せっ！　はなせーっ！」

「ブレイバンよ、貴様にはこれからキングバイツに行ってもらう。キングバイツとの全面戦争を止めるためにな！」

なんと、ブレイバンは今行われている『勇者祭』の主役であるにもかかわらず、檻の馬車に入れられてフーリッシュの王城を出発。

そのまま海を跨ぎ越え、キングバイツの王都へと移されていた。

王都の広場には八角形のリングが設置されており、周囲には海原のような人だかり。

ブレイバンはリングの中に、見世物の動物のように放り出された。

「なっ⁉　なんだここは⁉　ぶっ、無礼者ぉぉぉぉぉ――――――っ‼　俺様は勇者だぞっ⁉　こんなことをしてただですむと思ってるのかっ⁉　戦争だっ！　戦争！」

「そう、戦争だ……！」と、背後から声がする。

振り向くと、海賊のような格好をしたキングバイツの国王が立っていた。

「勇者よ、俺と一対一の戦いをしてもらおうか！　もし貴様が勝てば、今回、貴様が俺にしたことは、海の藻屑《もくず》としてやろう！　どのみち、これだけの面前で負けたら、俺は王の座を降りることになるから、不問となるのだがな！　だが貴様が負けたら、全国民の前で土下座し、この俺を罠に嵌めたことを詫びるのだ！　これこそがフーリッシュの王が提案してきた、『戦争』……！　さぁ勇者よ、自慢の聖剣を抜けっ！」

するとブレイバンの態度は、正体のバレた殺人鬼のように豹変。

「へっ、そういうことかよ！　ならもう、遠慮はいらねぇな！　お前の首を刎ねれば、問題は一気に解決じゃねぇか！　『戦争』なら、国王をこの場で討ち取ってやりゃ、この国はフーリッシュの軍門に下ったことになるんだからな！

あのクソジジイもきっと、手のひらを返すことだろうなぁ！」

彼がここまで自信に満ちあふれていたのは、ひとえに腰の得物ゆえに他ならない。

最上位の剣の精霊が宿った『聖剣』には、斬れぬものはこの世にないとされている。

その天を衝《つ》くほどの輝きを見た者は、神の降臨を信じてひれ伏すという。

「なら、久々に見せてやるとするか！　この俺様の、『聖剣』をっ！」


……シユパァァァァァァァァァァァ――――――――ンッ!!

鯉口《こいくち》を切った瞬間、まばゆい光があふれるはずであった。

しかし満を持して鞘から引き抜かれた刀身は、ボロボロに錆《さ》び、鈍い光すらも放っていない。

「え……？　ちょ⁉　なんでっ⁉　け……剣の精霊がいなくなってる⁉　なんで、どうしてっ⁉」

悪夢でも見ているかのようなブレイバン。

酒瓶に残った最後の一滴を求めるように、鞘をさかさまにして振っている。

しかし剣の精霊とは程遠い、茶色い粉がパラパラと落ちるのみ。

それは当然のことであった。

聖剣に宿っていた剣の精霊は、ユニバスが追放される様を間近で見ていたのだから。

精霊の中では最速で勇者に愛想を尽かし、その元を離れていたのだ。

その剣の精霊は、どこに行ってしまったのかというと……。

ブレイバンにはそれを考える余裕などなかった。

「ちょ、ま、待ってくれ！　いや、待ってください！　こんな剣じゃ戦えない！　新しい剣を持ってくるから、日を改めて……！」

しかしこれだけの観衆を前に、中止などされるはずもない。

「勇者よ、これも運命だと諦めるんだな……！」

キングバイツ国王は、丸太のような二の腕をさらに膨らませながら、バトルアクスを振り上げていた。

もうそのビジュアルだけで、ブレイバンは腰を抜かしてしまう。

「ひっ……⁉　ひぃぃぃぃぃぃぃぃ――――っ⁉⁉」

引きつれた悲鳴とともに、四つ足で這い逃げるブレイバン。

漏れた水のような跡を残しながら。

そこから先は一瞬であった。

勇者というよりも、ひっくり返った虫がピョンと起き上がるよう素早さで土下座をすると、

「ゆ、許してくださいっ！ バーベキューも海割りの奇跡もドッキリじゃないんです！ なにもかも全部、ユニバスのせいで……！ あ、いや、アパーレとホーリードゥームが……ぐはあっ⁉」

ブレイバンは腹を蹴り上げられ、謝罪に見せかけた罪のなすりつけは強制中断。

汚液の中で悶絶《もんぜつ》しながらも、プライドをかなぐり捨てた土下座を続ける。

集まった観衆たちは、すっかりシラケてブーイング。

キングバイツの国王も、怒りをすっかり通り越した憐《あわ》れみの目を向けていた。

国王は、大鷲《おおわし》の船首像のように両手を広げ、民に向かって叫んだ。

「見たか、皆の者！ 勇者ブレイバンは、斬るにも値せぬ男だということが！ 我が国の勇者信仰は、今日をもって終わりを告げた！ 国内の勇者像を、ひとつ残らず撤去するのだっ！」

「おお――――――――――――っ！！！！」

ここまで言われても、ブレイバンは立ち上がろうともしない。

雷を怖がる子供のように、身体を縮こませたままだった。

◆

勇者ブレイバンはキングバイツ王国において、勇者どころか人間のプライドまで捨て去った、お

漏らし土下座を全国民の前で披露。

この瞬間、同国における勇者神話は崩壊。

これは初めてのことではなく、ワースワンプに続いて二ケースめ。

しかもそのふたつのケースが発生した間隔は、一週間も離れていない。

いくら連続するにしても、舌の根が乾くヒマもないほどの不幸のワンツーパンチ。

しかしこれは偶然ではなく、必然であった。

引き起こされたトラブルはすべて、精霊に起因している。

そう、ブレイバンはユニバスを追放したせいで、一気に二国もの支持を失ってしまったのだ。

そのとばっちり、いや、報いを受ける者がもうひとり。

ホーリードゥームもさっそくお局様に呼び出され、こってりとしたお説教を受けていた。

「『海割りの奇跡』を披露するなどと大口を叩いたばかりか、しかも失敗して、同盟国の王を泳いで帰らせるだなんて……！　ホーリードゥームさん、いったいなにを考えているのですか⁉」

そしてホーリードゥームも、ブレイバンと頭の中身はそれほど変わらない。

「お言葉ですが聖機卿様。あれは失敗したのではなく、無能のユニバスのせいなのです。私を失脚させるべく、ユニバスが陰から……」

「お黙りなさい。あなたはなにかというとユニバスのせいにするのですね。あなたのなすことをすべて妨害していたのだとしたら、あなたよりずっと有能ということになるではありませんか」

「くっ……！　あの男は悪知恵だけは一流で……！」

「お黙りなさいと言っているでしょう。それともあくまで、自分は失敗していないと言い張るつもりですか？」

「はい、私は……！」

「ならばこの件は、しっかり調査しないといけませんね。失敗でないのなら、あなたが故意に『海割りの奇跡』を中断した可能性も出てきますから」

「そんなことはありません。そんなことをして、なんのメリットが……！」

「キングバイツの国王を亡きものに、それが無理でも笑い者にして、失脚させるのが狙いだったのではないですか？」

聖機卿がホーリードゥームに向けている目は、捕まっていない詐欺師を見るかよう。

いや正しくは、嫌疑不十分なテロリスト……！

よりにもよっていちばん深い沖で、海が閉じてしまったのがその原因であった。

それに加えて、

「あなたにはそれをするだけの理由もあります。私をはじめとする聖機卿は、近年はキングバイツの王族関係者から選出されていますから。それも、キングバイツ国王のお力によるもの。しかし国王を亡きものにできれば、あなたにとって都合のいい人物を据えることにもなるでしょうから」

ただのお説教かと思っていたら、まったく予想外の方向に話が転がりだしたので、ホーリードゥームは慌てた。

「そ……そんな！　誤解です！　聖機卿様っ！　私は、決してそんな……！」

しかしもう、聖機卿の眼は曇りきっていた。

いやむしろ、クリアになったというべきか。

聖機卿は汚物でも見るかのように、嫌悪感ありありの表情を浮かべる。

「私を毒殺できないからといって、後ろ盾を奪おうと考えるだなんて、恐ろしい……！」

「なっ……!?」

驚きのあまり、「なぜそれをっ!?」と口が衝きかけたが、ホーリードゥームはとっさに手で口を塞いだ。

間を置かず、憎悪の炎が腹の底でメラメラと燃え上がる。


――ぶ、ブレイバンだっ……！

あのチャラ男がチクりやがったんだ！

おそらくなんらかの見返りを求めて、この私を売ったんだ……！

あんの、ド腐れ勇者がぁ～～～～っ!!


ホーリードゥームの推理はすべて大当たり。

ブレイバンはキングバイツ王国での『戦争』を終えたあと、まっさきに聖機卿の元を訪ねていた。

そして聖機卿に、「ホーリードゥームに暗殺を依頼された」ことを知らせる。

なぜそんなチクリをしたかというと、ひとつはホーリードゥームへの仕返しのため。

『海割りの奇跡』は完全にホーリードゥームの独断で始まったことなのに、失敗のとばっちりを受けてしまったから。

そして、もうひとつの理由こそがメイン。

それは、キングバイツ王国での『お漏らし土下座』の件を、同国内だけに留めてほしいという、便宜のお願い……！

聖機卿は、かつてキングバイツ国王とも親しく、キングバイツの王族であった。

キングバイツ国王とも親しく、現在も多大なる影響力を持っている。

彼女がチョチョイと働きかければ、情報の封殺などお手のもの。

もちろん、噂レベルのものはどうしようもないが、マスコミに撮られた真写の国外流出は防げるであろう。

そう、ブレイバンは勇者神話の崩壊が、これ以上進むのをなによりも怖れていたのだ。

魔王討伐という、苦楽をともにした仲間を売り飛ばしても、惜しくないほどに。

自分のあずかり知らぬところで、してやられてしまったホーリードゥーム。

彼女は爪が手に食い込むほどに、拳を握りしめていた。


——ブン殴りてぇっ……！　あのクサレ勇者を……！

いいや、もう誰でもいいからボコボコにしてぇっ……！


ホーリードゥームはとうとう、無差別テロのようなことを考え始める。

そこに、無慈悲な裁きが下された。

「ホーリードゥームさん、これからあなたの身辺調査をさせてもらいます。そして疑わしきは罰せずの精神ではありますが、故意にせよ事故にせよ、あなたがキングバイツの国王を危険に晒した事実には変わりありません。よって、一階級降格を言い渡します。もちろんこれは、調査が終わるまでの暫定の措置にすぎません。さらなる追加懲罰もありえますから、震えてお眠りなさい」

「えっ……えぇぇぇぇぇぇぇぇぇぇぇぇぇ――――――――っ!?!?」

……ズガガァァァ――――――ンッ!! と雷に打たれたほどのショックを受けるホーリードゥーム。

今の今まで順風満帆で、次期聖皇女とまで呼ばれた期待のホープが、ここにきて降格っ……!?

聖女というのはその清らかなイメージから、出世欲とは無縁のものとされていた。

そのため、降格も昇格も滅多なことでは発令されない。

ということは、聖女界における降格というのは、出世レースにおける周回遅れとなるほどの重いペナルティとなる。

ホーリードゥームは真っ青になって聖機卿にすがったが、判決は覆らなかった。

ああ、聖女ホーリードゥーム……。

『大聖教女』から『聖教司女』へ、痛恨のランクダウン……!

降格を言い渡された瞬間、ホーリードゥームは激しい衝動にかられる。

――早いとこ、このクソババアを殺しておかないと、マズいことになるっ……!

彼女は今、そのクソババアこと聖機卿の執務室にいて、ターゲットとはふたりきり。

絶好の暗殺チャンスだったが、それはできなかった。

聖機卿の口から降格を言い渡されたということは、すでにこの国の上層部たちは、降格の事実を知っているということになる。

なぜならば大聖教女クラスの降格ともなると、聖機卿が思いつきで発令できるものではなく、上司にあたる聖皇女の承認が必要となるからだ。

降格を発令した直後に聖機卿が死んだとあれば、真っ先にホーリードゥームが疑われてしまう。

そうなってしまうと、もはや一ランクダウンではすまないだろう。

ホーリードゥームは悔しさを全身で嚙みしめながら、聖機卿の執務室をあとにする。

やり場のない怒りをどうやって発散させようか悩んでいると、

「うぉぉぉぉ――――――――――――――――――っ!!」

背後から耳慣れた蛮声とともに、ツカツカと足音が急接近。

ホーリードゥームが何事かと振り向いた途端、

……ドスウッ……！


通り魔のような不意討ちっぷりで、強烈なボディブローが腹にめり込んだ。

「ぐはあっ!?」と身体をくの字に折って、吹っ飛ばされるホーリードゥーム。

レッドカーペットに倒れた瞬間、通り魔は跳躍、追撃のために飛びかかってきていた。

その見覚えある顔に、ホーリードゥームは肺から息を絞り出す。

「ぼ……ボッコ!?」

そう、通り魔の正体は彼女の手下のひとり、ボッコであった。

ホーリードゥームはスカートがめくれあがるのもかまわず、ボッコを蹴り返す。

「ボッコ、いきなりなにをするのですかっ⁉」

ボッコは後ろでんぐり返しでカーペットを転がったが、その勢いを利用して立ち上がる。

「そりゃこっちのセリフだ、ホーリードゥーム！　いつもいつも、いきなり殴ってきやがって！　でもそれも、今日でおしまいさ！　なにせ、同格になったんだからね！」

「うっ……！　立ち聞きしていたのですか⁉」

「さぁね！　でも今やこの城は、アンタの降格の噂でもちきりさぁ！」

ホーリードゥームはつい先ほど、聖機卿殺しをあきらめたばかりだった。

しかし憎悪の炎はまだくすぶっており、ボッコの一撃で一気に再燃。

立ち上がると、拳闘のようなポーズを取った。

それは片手だけを掲げ、もう片手は腰に当てるという独特のスタイル。

「ちょうどムシャクシャしてて、探していたところだったんですよ……！　動くサンドバッグである、あなたをね……！」

ホーリードゥームは挑みかかり、ボッコの頬めがけてフックをはなつ。

いつもなら顔面をやすやすと捉えていたパンチであったが、このときばかりは空を切った。

「へへ、修道士《モンク》タイプの聖女はアンタだけじゃないんだよっ！　そらあっ！」

カウンターのフックがホーリードゥームの頬をバチンと捉える。

「ぐっ⁉」とよろめいたところに、返す刀のような一撃がさらに降り注ぐ。

右、左、右、左、と猛烈なボッコのラッシュ。

壁際に追いつめられたホーリードゥームは、腕で顔をガードするので精いっぱい。

「どうしたどうしたぁ！　相手が反撃してくるサンドバッグだと、手も足も出ないのかいっ!?」

しかしホーリードゥームのガードが、わずかに開いたかと思うと、

……ぶしゅうううう――――っ!!


紫色の霧が吹き出し、ボッコの顔に浴びせられた。

「ううっ!?　め、目がっ!?　毒なんて汚えぞっ!?」

ボッコのラッシュは強制中断、顔を押さえて後ずさる。

「ふふ、毒は私にとって舌のようなもの。いわば身体の一部なんですよ。相手を骨までしゃぶり尽くすための、ね……！」

もはや勝負は決したとばかりに、大きく振りかぶるホーリードゥーム。

『ＨＯＬＹ』の指輪が天井のシャンデリアの光を受け、刃物のようにギラリと輝いた。

「ボッコ、あなたは私には絶対に勝てないのです。さぁ、聖なる刻印とともに、私の前に跪きなさいっ……！」

しかし、その拳は振り下ろされることはなかった。


……ガンッ！

不意に背後からの一撃で後頭部を打たれ、ホーリードゥームはウッと頭を押さえて振り返る。

そこには、手に手にモップやホウキを持った聖女たちが。

そう、今までホーリードゥームにさんざん殴られてきた、彼女の手下たちであった……!

「ホーリードゥーム様、いや、ホーリードゥームっ！　私たちはあなたの横暴っぷりに、嫌気が差していたんです！」

「横暴なだけならまだしも、手を上げるなんて最低！　もう、我慢の限界ですっ！」

「次期聖皇女の最有力候補だからって、我慢して従ってきましたが……それも今日で終わりですっ！」

「もう、あなたには誰も殴らせませんっ！」

一ランク降格しただけなのに、それも降格したのは数分前だというのに、この見放されっぷり。

いかに彼女がウルトラバイオレンスな人物であったかが、容易に想像できるであろう。

しかしホーリードゥームに悔悟の念などさらさらない。

なぜならば、彼女は自身の『拳』と『毒』でここまで成り上がってきたと思い込んでいるから。

実際には、事あるごとに無能だと罵っている、ユニバスのおかげだったのだが……。

ともかく彼女は反省しなかった。

「ふん、動くサンドバッグが増えましたね。ちょうど一個じゃ殴り足りないと思っていたんですよ！」


……バッ！

ホーリードゥームは封印でも解くかのように、腰に当てていた片手を前に突き出す。

固められた拳には『D』『O』『O』『M』とイニシャルを象った指輪が。

シャンデリアの光を受けたそれは、暁のような輝きを放っていた。

「この『破滅の拳』が現れたからには、あなたたち全員、ただではすみませんよ。明日が来なくても構わない者だけ、かかってきなさい。さぁ……今宵はケンカパーティですっ！」

しかしそのパーティは、秒の速さで終わりを告げる。

ホーリードゥームが、パーティ開始を告げる拳を振りかぶった途端、その肘が、

「あなたたち、なにをしているのですかっ!? 今すぐやめなさいっ！ やめないと……！」

後ろから止めに入った聖機卿の顔面に、

……メキッ！


と、嫌な音をたててめり込んでしまったから。

鼻血を出してブッ倒れる聖機卿。

聖機卿が城内の暴力沙汰に、しかも聖女どうしの争いに巻き込まれるなど、前代未聞の珍事。

その騒動の元凶はホーリードゥームとされ、彼女には身辺調査の終了を待たずに、さらなる追加処分が下される。

なんと、聖女ホーリードゥーム……。

『大聖教女』から『聖教司女』、そして『聖教司女』から『大聖女』へランクダウン……！

二ランクダウンした聖女というのは、長きにわたる聖女の歴史においても、これが初めてのことであった。

◆

俺とティフォンは水の精霊の国、『コンコントワレ』へと入国する。

コンコントワレは深い霧に覆われているので、外海からは中が見えない。

そのため神秘的というか、不気味な感じすらあるのだが、霧の中に入ると夢のような光景が広がった。

雲光る空には、星降るような雨の雫がキラキラと舞い散り、七〇色ものカラフルな虹が幾重にもかかっている。

水龍や水鳥が群れ飛び、クジラの潮吹きのような間欠泉があちこちで噴き上がっていた。

俺の隣に座っていたティフォンも、思わず御者席から身を乗り出している。

「うわーっ⁉　すごいすごい、すっごーい！」

「精霊の国はどこも絶景だが、水の精霊の国はどこよりも美しいんだ」

「ほんと！　まるで水の天国みたい！」

俺たちの乗った馬車は、天からかかるヴェールのような巨大な滝の前に出る。

ティフォンは手をひさしのようにして見上げていた。

「すっごーい！　こんな大きな滝、初めて見た！」

「この滝はコンコントワレの門なんだ、この滝を抜けると城下町がある。中はもっとすごいぞ」

「ほんとに⁉ うわぁ、楽しみーっ！」
ティフォンは『わくわく』と顔に書いてありそうなほどに大興奮。
待ちきれない様子で身体を上下に揺さぶっていたが、いつまで待っても門は開かない。
以前この国に来たときは、すぐにこの滝が開いて中に入れてくれたのに……。
俺の中に暗雲のような不安がたちこめる。
まさか、ここに来て門前払い？
やっぱり勇者がいないと、精霊の国には入れないのか……？
なんて思っていたら、壁のような滝を通り抜け、騎士のような武装集団が現れた。
その先頭に立っていた人物を目にするなり、俺とティフォンは同時に息を呑んだ。
「せ……精霊王っ⁉」
水色の長い髪をなびかせた、精悍《せいかん》な顔つきの男。
会ったのはだいぶ昔だが、王の証である氷の鎧を身に着けているので間違いない。
俺とティフォンは御者席を飛び降りる。
ふたりして膝を折ろうとしていたら、

……ずざっ！

なんと精霊王と騎士団のほうが先に、俺たちにひれ伏した。
度肝を抜かれる俺に向かって、王は低い視線のまま言う。

「お待ちしておりました、ユニバス様」

「王よ、これはいったい……？」

「まず先に、お礼を言わせてください。魔王を退けてくださり、ありがとうございます。道中の活躍は、聞きしに及んでおります。ユニバス様はすでに、この国いちばんの英雄。そのまま門をくぐっては大変なことになりますので、こうしてお迎えにあがったのです」

俺はトランスの焼印を消すのを手伝ってほしくて、このコンコントワレを訪ねた。

精霊王に会うつもりなんてまったくなくって、むしろ会えるわけがない、それどころか俺のことなんて、もう覚えてないだろうと思っていた。

でもまさか王が自ら出迎えてくれて、しかも英雄として俺を崇めてくるだなんて思ってもみなかった。

俺はまだ半信半疑だったが、王の口から、さらに信じられない言葉が放たれる。

「精霊王がお待ちです。『精霊王の間』にご案内いたします」

「えっ？　精霊王って、あなたのことでは……？」

「その件につきましては、精霊王から直接お話があるかと思います。どうぞこちらへ」

精霊王は、うやうやしく俺たちを滝壺に案内する。

滝壺は底が見えず、まるで地の底まで繋がっているかのようだった。

「この滝に向かって飛び込んでください。そうすれば『精霊王の間』へとたどり着きます。少し怖いかもしれませんがご安心を。水の精霊たちによって守られていますので」

「うっひゃ～高そぉ～！　お尻がムズムズするぅ～！」

お尻をふりふりしながら、崖っぷちを覗いては引っ込み、引っ込んでは覗くを繰り返しているティフォン。

精霊王は冷たい声で付け加えた。

「ティフォン殿は、『精霊王の間』にはご案内できません。どうぞ我々と一緒に来てください」

「ええっ、それってユニバスくんと離ればなれになるってこと⁉ そんなのイヤっ！ だいいち、人間のユニバスくんがオッケーで、精霊のわたしがダメだなんておかしいよ！」

「『精霊王の間』へは、正統なる『水の王族』以外は立ち入ることは許されないのです。ティフォン殿のお住まいの『ウインウィーン』でも同じ掟《おきて》でしょう」

「うっ……！ そう言われると、そうだけど……！」

「おわかりいただけましたね？ では、我々と一緒に。ユニバス様が精霊王とお話されている間、この国をご案内しますので」

精霊王から噛んで含めるように言われ、しぶしぶ納得するティフォン。

俺は彼女にひとときの別れを告げると、滝壺めがけてダイブした。

流れ落ちる滝に触れた途端、俺の身体は滝と一体化するように吸い込まれる。

中に入っても呼吸ができ、落ちる速さはゆっくりになった。

まるで、魔導昇降機に乗っているかのようだった。

魔導昇降機は上下移動だけだが、滝はまるでチューブのようになっていて、真横にも移動する。

真横になると、一気に加速した。

天の川の中を飛んでいるかのように、光の粒子の群れがものすごいスピードで過ぎ去っていく。

気づくと、深海に投げ出されていた。

俺の身体は巨大な泡に包まれ、暗い海の中をぷかぷかと漂う。

一瞬不安になったが、泡はたしかなる意志を持って、俺をある方角へと運んでいた。

しばらくして明るい海へと浮上し、俺は気づく。

コンコトワレは島国だと思っていたのだが、巨大な浮島であることを。

しかしその認識は、すぐに訂正させられた。

なんと島の端には、海に蓋ができそうなほどの大きなヒレがあって、それは神の翼のようにゆったりと上下している。

そして俺を包む泡は島の先端を通り過ぎ、その正体を俺に知らしめた。

そこにあったのは、巨人のように巨大な顔。

それも、年輪のように深くシワが刻まれた、好々爺《こうこうや》の顔。

そう、水の精霊の国『コンコントワレ』は、海に浮かぶ巨大な島亀だったのだ……！

俺は泡に包まれたまま、島亀の長く伸びた首の横を通り過ぎる。

お役御免となった、古びた木造の魔導列車を撫でるかのように。

そして俺は気づいていた。

島の入口で俺を出迎えてくれた、人の姿をした精霊王は影武者だということに。

真の水の精霊王は、この島亀だったんだ。

精霊王というのは、精霊姫の精婚式、つまり自分の娘の結婚式であっても参列しない。

人間の王が精霊王を捕らえ、その大いなる力を利用することを防ぐためという理由があるからだ。

しかしそれは表向きで、本当の理由はそうじゃない。

精霊王は巨大すぎるあまり、参列ができないんだ。

気づくと、俺を包む泡は島亀の頬を撫で、顔の正面に回り込んでいた。

閉じていた瞼《まぶた》が開き、黒い惑星《ほし》と見紛うほどの瞳が現れる。

俺の頭の中に、海鳴りのような声が響き渡った。

『おお、ユニバスよ、会いたかったぞ……！』

「あなたが本当の、水の精霊王なのですね」

『さよう……！ 人間にこの姿を見せるのは、初めてのことだ……！』

「どうして、俺をここに……？」

『礼を言いたかったのじゃよ……！ 魔王を退けてくれた、礼を……！ 魔王という存在は、身内の不始末のようなものじゃからな……！ すべての精霊にかわって、礼を言うぞ……！』

精霊王はそう語りかけながら、首をゆったりと上下に動かす。

しかしそのつぶらな瞳が、不意に半眼になった。

『ふむぅ。ワシの身体に、多くの船が近づいておるようじゃな……！』

精霊王が苦々しく言うと、俺の目の前に映像が映し出される。

それはワースワンプ王国から出港し、コンコントワレへと進撃する多数の戦艦だった。

『近づいてはならぬと、あれほど言っておるのに……やれやれ……』

次の瞬間、映像の海では魔導機雷が炸裂《さくれつ》したような水しぶきがあがり、戦艦は次々と爆散していった。

「あっ⁉」となる俺に、精霊王は笑う。

『ふぉふぉふぉ……！　心配はいらん……！　乗っていた人間は、ひとりも死んでおらん……！　あとは海の精霊たちが潮の流れを操って、浜辺まで送り届けてくれるじゃろう……！』

俺は説明しておかねばならないと思い、口を開く。

「あの、精霊王、あの船はきっと、俺を追ってきたものだと思います」

『ああ、そうじゃろうなぁ……！　人間の船はああなるのを怖れて、長いこと近寄らなんだ……！　しかしそれでも船を寄越すとは、お前さんのことがよほど「欲しい」ようじゃのう……！　なあに、この島には近づかせはせんから、ゆっくりしていくといい……！』

「いえ、俺は長居するつもりはありません。トランスの……魔導馬の焼印を消してもらったら、すぐにおいとまします。魔導馬の修理のために、他にも立ち寄らなくてはならない精霊の国々がありますので」

『急ぐ旅であるのなら、仕方ないのう……！　では、これだけ聞かせてはくれぬか……！　そなたはなぜ、ワシら精霊を大切にしてくれるのじゃ……⁉　多くの人間は、ワシら精霊を物のように扱う……！　ワシらが与える力も当たり前と思っていて、感謝すらせぬというのに……！』

いきなりの問いであったが、俺は迷うことなく答える。

なぜならばその答えはいつも、俺の中にあるからだ。

「それは、『親孝行』だと思っているからです」

すると精霊王は『ほほぅ……！』と唸った。

『やはりそなたは、気づいておったのか……！』

「はい。人間は、精霊が作りしものなんですよね？」

『そうじゃ……！　正しくは、女神と精霊によって生まれたもの、それが「人間」……！　そなたはどうやって、その答えにたどり着いたのじゃ……!?』

「人間は、当たり前に与えられるものに感謝しません。しかし精霊がその気になれば、感謝しない人間に対し力を与えないことなど簡単です。でも精霊は、決して力を与えることをやめない……。そんな一方的な関係で成り立っているものは、この世にひとつしかありません」

俺は強い口調で断言する。

「それは、『親子の愛』です……！　子供は、親がいなければ生きていけません。たとえ子供が、育ててもらった恩を抱かなかったとしても、親は決して子供を見捨てたりはしません。その結論にたどり着いたとき、俺は気づいたんです。精霊は便利な物じゃなくて、家族なんだ、って……！」

水の精霊王は、産卵するウミガメのように、瞳に涙を浮かべていた。

『お……おおおっ……！　おおおっ……！　親としては、子が感謝の気持ちなど抱かなくても、すくすくと育ってくれさえすれば、それでいい……！　そう思っておった……！　女神がもたらす力が、人間にとっての太陽とするならば、我ら精霊がもたらす力は、人間にとっての月……！　太陽のように、広く世界を照らし、崇められなくてもよい……！　人間の行く末を静かに、ひそやかに照らすことさえできればよいと、そう思っておった……！　しかしこうして、我らの愛を理解してくれる人間がいるというのは、こんなにも嬉しいものだったとは……！』

水の精霊王は、孫に接するおじいちゃんのようになっていた。

『ユニバスよ……！　ワシのかわいい家族よ……！　どうか、どうかもっと近くに来ておくれ……！

このワシに、その立派な姿を、もっと見せておくれ……！』

俺を包む泡は、精霊王の頬に向かってゆっくりと動き、やがてぴとっと触れる。

俺はその頬に寄り添い、頬ずりをした。

『ユニバスよ……！　そなたこそ、人間と精霊の架け橋となれる、唯一の人間……！　ワシは決めたぞ……！　この力のすべてを、そなたに捧げることを……！　そなたが望むなら、どんな国でも海の底に沈めてみせよう……！　この惑星ですらも、七日で水の惑星に変えてみせようぞ……！』

水の精霊王はなんだか物騒な誓いを立てていたが、ともかく俺のことを気に入ってくれたようだった。

そして俺に興味を持ったのか、いろんなことを聞いてくる。

最初は、『相克関係にある地の精霊と、火の精霊をどう思うか』などのグローバルなことから始まって、『娘のことをどう思うか』などのプライベートなこと。

最後は『好きなドレスの色は？』とか『彼女にしてほしい髪形は？』などと、精霊王とは思えない俗っぽい話題になっていく。

ここまで来ると、俺はもうすっかり精霊王と打ち解けていて、まさにじいちゃんに接する孫のような気分になっていた。

俺は、その裏に隠された精霊王の意図に、まるで気づいていなかったんだ。

年寄りひとりで海に浮いていて寂しいのだろうと思い、話に付き合っていたのだが……。

やがて周囲の海がオレンジ色に染まり、俺は日が傾いているのに気づいた。

「だいぶ長話をしちまったな。そろそろ行くとするよ」

『おお、そうじゃのう……！　もう準備もすっかり整ったようじゃから、行くといい……！　みな、ワシのように首を長くして待っておるぞ……！』

『準備』という言葉に少しだけ引っかかったが、俺は精霊王に別れを告げ、泡に包まれてフワフワと移動。

泡は来た道を戻るわけではなく、今度は島亀のお腹のあたりに移動。

天井に開いていた大きな穴に、スポッと吸い込まれていった。

しばらく暗闇の中を上っていくと、だんだん空が明るくなっていく。

七色の光が降り注ぎはじめた途端、急に泡のスピードが上がる。

俺は胃がひっくり返るような上昇感に抱かれていたが、気づくと空に打ち上げられていた。

……ぶしゅうううううう――――――――――――っ!!

「う、うわっ、なんだこりゃっ!?」

クジラの潮吹きの上にいるかのように、弾む身体。

急に開けた視界のまわりは野外ステージのようになっていて、ステージの周囲には水の精霊たちがぎっしりと詰めかけていた。

空には虹が飛び交い、水龍や水鳥が舞い踊る。

次々と打ち上げ花火があがり、泡でできた大輪の花を咲かせていた。

俺の姿を見た途端、観衆の水の精霊たちは大歓声をあげる。

そして、ステージの司会者の音頭にあわせて、

『ユニバス様！　イズミ様っ！　ご精婚、おめでとうございま――――――――っす！！！！！』

俺はなにがなんだかわからなかったが、クジラの潮吹きがおさまり、ステージの上に降りてようやく事の次第を理解する。

ステージの上には、そよそよと流れるウエディングドレスに身を包んだ、水の精霊姫『イズミ』が……！

恥ずかしがり屋のイズミは、丸眼鏡の顔を伏せたまま、はにかんだ上目遣いを向けてくる。

「お……お待ちしておりました、ユニバス様……！　不束者ですが、どうかよろしくお願いいたします……！」

礼儀正しいイズミは、その場にぺたんと座り込むと、三つ指をついて深々と俺に頭を下げた。

「えっ……えぇぇぇぇぇぇぇぇぇぇぇぇぇぇ――――――――っ!?!?」

俺の叫びは、俺以上に甲高く、ひっくり返るほどの声で上書きされる。

声の方角を見ると、来賓席らしきところにティフォンがいた。

地味ながらもかわいいドレス姿で、いかにも花嫁の友人といった風情。

しかし本人は、寝耳を沈められたような仰天顔だった。

「ちょ、イズミちゃんの精婚相手って、ユニバスくんだったの!?　てっきり、別の人かと思ったのに……！　そんなのダメっ！　そんなのダメぇぇぇぇぇぇぇぇ――――――――っ！！！！！」

暴れることは想定済みだったのか、ティフォンが来賓席より飛び出すより早く、彼女は近衛兵の手によって泡に閉じ込められてしまう。

ティフォンは泡の中でフワフワ浮きながら、回し車のハムスターのようにゴロゴロと暴れていた。

「お静かに、ティフォン殿。その泡は内側からは決して破れません」と、影武者の精霊王にたしなめられている。

そして気づくと俺は、泡のタキシードに着替えさせられていた。

精婚式の決まりに則《のっと》って、靴だけは作業靴のまま。

大きな貝に乗った人魚たちの歌声と生演奏によって、結婚式でおなじみのBGMが響き渡る。

司会者らしき水の精霊が、ヒトデのついた魔導マイクを片手に叫んだ。

『それでは水の精霊姫、イズミ様っ！　この世界を救いし偉大なる英雄、ユニバス様に跪き、永遠の忠誠を誓うのです！　そうすれば水の精霊たちは、ユニバス様の寵愛を与えられ、末永く発展できることでしょう!!』

「うおぉぉぉぉぉぉぉぉぉ――――――――――――――――っ！　！　！　！」

割れんばかりの大歓声。

花嫁姿のイズミはしずしずと俺のそばまでやってくる。

精婚式における、『忠誠の誓い』。

それは人間の靴に、口づけをすることであった。

そんな屈辱的な行為は、人間なら誰しも躊躇《ちゅうちょ》するもの。

しかも、俺の油にまみれた作業靴なんて、ハラペコの犬でも舐めたがらないだろう。

しかしイズミは獲物を狙うイルカのごとく、まっしぐらに俺の作業靴めがけてかがみ込んでくる。

俺はとっさに飛び退いて、誓いのキスを阻止した。


……ごんっ！


イズミは勢いあまって、ステージにしたたかに額を打ち付けてしまう。

「ええっ……⁉」

と愕然とする声が、周囲から漏れた。

長い沈黙のあと、イズミはゆっくりと顔をあげる。

赤く腫れた額に、浮かぶタンコブ。

すだれのように垂れた前髪は、悲しみに沈むコンブのよう。

ずれた眼鏡の向こうには、荒波のようにうるうると潤む青い瞳があった。

「ゆ……ユニバス様は……わたくしのことが、お嫌いなのですか……？」

俺は即座に首を振る。

「いや、好きだよ。大好きだ」

「そっ……そんなぁぁぁぁぁぁぁぁぁぁぁ――――っ⁉⁉」

と、俺とイズミの間に、ティフォンの悲鳴が割り込んできた。

ティフォンは泡の壁を、ぷぉんぷぉん叩きながら叫ぶ。

「そんな⁉　ユニバスくんが好きな精霊って、イズミちゃんだったの⁉　わたしのことはどう思ってるの!?」

俺は当然のように答える。

「ティフォンも大好きだよ」と。

「「へっ」」

ティフォンとイズミは同時に、虚を突かれたような声をあげる。

それは彼女たちだけでなく、司会者や精霊王の影武者、観客たちも同じであった。

その中で、ティフォンは真っ先に我に返ると、

「じゃ、じゃあ、わたしとも精婚して！　わたしもユニバスくんと契りたい！　いいでしょ、ねっ!?」

「それは素敵な考えですね！」とイズミも賛同。

俺はこの際だから、言っておくことにした。

司会者から魔導マイクを借りて、この国全体に聞こえるように声を大にする。

『俺は、どの精霊とも精婚する気はないっ！　なぜなら、精霊が大好きだからだっ!!』

「ええっ!?　意味わかんないよ!?」とティフォン。

「そうです！　大好きなら、契りを交わしてくださっても……！」とイズミ。

『いいや、好きだからこそ契らないんだ！　だって、精婚ってのは精霊が、人間に永遠の隷属を誓うための儀式だろう!?　そんなので精霊を束縛するだなんて、俺はごめんだ！』

「わたしは別にいいけど」とティフォン。

「はい、束縛されたいです」とイズミ。

『人間は、精霊のことを都合のいい奴隷だと思ってる！　しかも精霊のほうも、人間の奴隷だと思ってる！』

「「違うの⁉」」とハモる精霊姫たち。

『そんな価値観が当たり前なのはおかしいんだ！　だって精霊は生きてるんだぞ⁉　感情を持ってるんだぞ⁉　泣いて、笑って、悩んで、考えて……！　誰かを好きになったり、嫌いになったりする！　そこに、人間となんの違いがある⁉　なんの身分の差がある⁉』

俺は人前では口ごもって、まともに話ができない。

でも今は、ずっと溜め込んできた感情が、声になってあふれて止まらない。

大きな声を出し慣れていないものだから、声はすっかり枯れていた。

魔道マイクがあるのだから、叫ぶ必要なんてない。

でも俺は、叫ぶのをやめられなかった。

『俺は、人間たちがなんと言おうと、キミたち精霊がなんと言おうと、この考えは変えるつもりはない！　ティフォンとイズミは、俺にとって大切な、パートナーなんだ！　ここにいるみんなは、俺にとってかけがえのない、家族なんだっ！　だから、精婚なんかしない……！　人間と精霊が対等な立場で結ばれる儀式でなければ、俺は嫌なんだっ！』

俺は肩で息をしながら、ティフォンとイズミを見る。

『ティフォン、イズミ！　だから俺は、キミたちとは精婚できない……！

でも、約束する！　キミたちと契ってもいいと思える、新しい制度をこの手で作ると……！』

「ゆっ……ユニバスさまぁぁぁぁぁぁぁぁぁぁぁぁぁぁぁぁぁ――――

っ！！！！」

……どっ、ぱぁぁぁぁぁぁぁぁぁぁぁぁぁ――

んっ！！！！

海を割るほどの大歓声のあと、津波が押し寄せ、俺は飲み込まれてしまう。

呼吸はできていたが、まるで海に力いっぱい抱きしめられているような、不思議な息苦しさが止まらない。

「がぼがぼがぼがぼっ！　ゆにゔあすぐんっ！　ゆにゔぁすぐぅぅぅぅ――ん!!」

顔の穴という穴から泡を吹き出しながら、ティフォンが飛んでくる。

俺の腕にひしっと抱きつく。

見ると、反対側の腕にはイズミがいて、俺の服の袖を遠慮がちにつまんでいる。

俺たちは陽が沈んでもなお、いつまでもいつまでも海に抱かれていた。

次の日、俺とティフォンはコンコントワレの入口である、滝の門にいた。

精霊王の影武者をはじめとする、お偉いさんたちが総出で見送ってくれる。

トランスの身体からは焼印が消えていて、それどころか新品同様にピカピカになっていた。

精霊王の影武者が俺に言う。

「魔導馬の焼印は消しておきました。それだけでなく、失われていた水の精霊の力も再注入してあります」

「ありがとうございます」と俺は頭を下げる。

「これから、どちらに行かれるのですか?」

「はい、次は火の精霊の国に行ってみたいと思います」

隣にいたティフォンが「ええーっ!? 火の精霊の国ぃ!?」と嫌そうな声をあげる。

「しょうがないだろ、ティフォン。トランスを元通りにするためには、どうしても行かなくちゃならないんだから。嫌なら、ここで帰ってもいいんだぞ?」

「ぶーっ、いじわる!」とそっぽを向くティフォン。

精霊王の影武者は穏やかな笑顔で話を続ける。

「今、ワースワンプ側の海岸沿いには多くの戦艦が集まっています。ユニバス様がこのまま出発されたら、きっと追跡されるでしょう。ですので、私たちが注意を引きたいと思います。そのスキに、海を渡って他国へと逃れると良いでしょう」

「なにからなにまですいません」と俺はまた頭を下げた。

「かまいませんよ。そのかわり、ひとつお願いがあります」

「なんでしょうか?」

「もしユニバス様が納得できる、精霊との契りの制度が出来上がったら、この私とも契っていただけますか？」

精霊王の影武者は、とんでもないイケメン。

切れ長の瞳で熱っぽく見つめられて、俺は不覚にもドキッとしてしまう。

「も……もちろん」

「それはよかった。ユニバス様に仕え……いや、パートナーになれる日を、楽しみにしています」

つむじが見えるほどに頭を下げる精霊王。そして大臣や騎士たち。

俺は「もう少し彼らと話をしたかったかも」なんて後ろ髪を引かれながらも、トランスの御者席に乗り込もうとする。

しかしそこに、とんでもない先客がいた。

御者席の長椅子に、ちょこんと正座して、三つ指をついていたのは……。

水の精霊姫、イズミっ……！

彼女は結婚式のときのドレスではなく、振り袖のような服を着ていた。

切り揃えられたセミロングの髪をソワソワと揺らし、眼鏡越しの瞳を水鏡のように澄み渡らせながら。

夫の帰宅を初めて出迎える新妻のように、緊張気味なはにかみ笑顔を浮かべていた。

「わたくしもユニバス様の旅に、ご一緒させてください……！　不束者ですが、どうかよろしくお願いいたします……！」

余章 ゴーツアン大臣の末路

ところ変わって、人間の国『ワースワンプ王国』。

水の精霊の国『コンコントワレ』にもっとも近い海岸には、海軍の船が勢揃い。

霧にけむる島国を前に、一大艦隊を形成しつつあった。

その総司令官はもちろん、ワースワンプ国王である。

国王は殿軍《でんぐん》に控えた戦艦に乗り、双眼鏡越しの両目でコンコントワレを睨み据えていた。

「ぐぬっ、あの国にユニバス殿がいるとわかっているのに、迎えに行くことすらできんとは……。水の精霊王は、いまだに我ら人間を拒み続け、近づく者は誰であっても撃沈しおる……！　それがたとえ隣国である、我が軍の船であっても……！」

国王は歯噛みをする。

問答無用の撃沈は、宣戦布告に等しい。

しかし相手の力は強大なので、ワースワンプの軍事力ではまるで歯が立たないのは明らかであった。

そのためワースワンプの国王は、表向きはコンコントワレを同盟国として扱っている。

しかしコンコントワレ側は限りなく塩対応で、ワースワンプの国王ですら一度もコンコントワレに招いたことがない。

それがワースワンプ国王にとっては、なによりも歯がゆかったのだ。

「……しかしそんな冷戦状態も、ユニバス殿がいれば終わりを告げる。ユニバス殿を側近として迎え入れれば、きっとコンコントワレを開国させることができるであろう。水の精霊王の力を得られれば、我が国のさらなる発展は、約束されたようなものだ……！」

今の国王にとって、ユニバスは目の前にぶら下げられたニンジン。

スラム街の子供が憧れる、ショーウインドウの向こうのトランペット。

もう、欲しくて欲しくてたまらない存在となっていた。

「ほ、欲しい……！　ユニバス殿が……！　ワシがこれほどまでに欲した人材は初めてだ……！」

周囲の目もあるので国王は口にこそ出さなかったが、その内にはすでにある決意があった。

それは、

——ユニバス殿をワシの娘と結婚させて、ゆくゆくは我が国を……！


なんと、現時点で予定されている姫の婚約者をブッちぎり、ユニバスを後継者として据えるつもりでいた。

ユニバス本人とは会話どころか、まだ目も合わせたことがないというのに。

やはり人間というのは、手に入らなければ入らないほど、そのものに対する欲求は深くなっていくものである。

その『ユニバス欲』はとうとう、危険な水域にまで達しつつあった。

国王は双眼鏡をはずし、傍らにあった司令用の魔導マイクを手に取ると、

『全艦隊に告ぐ！　これより、コンコントワレを包囲する！　精霊王に、ユニバス殿の引き渡しを

要求するのだ！　精霊王がこれを拒否した場合は……！』

いよいよ最後の手段、しかし国王の隣で双眼鏡を構えていた将軍が遮った。

「あっ⁉　お待ちください、国王！　コンコントワレの方角から、なにかが向かってきています！」

国王は「なにっ⁉」と再び双眼鏡を覗き込む。

そこに映っていたのは、なんと精霊王が乗った輿《こし》。

多くの氷の騎士たちを従え、海の上を滑るように進んでいた。

もはや言うまでもないかもしれないが、この精霊王は人の姿をした影武者である。

「なんと、精霊王が我が国に⁉　そんなことは初めてのことだぞ⁉」

「国王、いかがいたしましょう⁉　相手には、交戦の意思はないようですが……⁉」

「うぅむ、ならば迎え入れる他なかろう！　ユニバス殿についてもなにか聞けるかもしれぬからな！」

ワースワンプ国王は部下に指示し、ビーチに急遽、コンコントワレとの会談場所を作らせた。

軍服から正装に着替えて出迎えたのだが、精霊王をはじめとする相手国は、思いも寄らぬ格好をしていた。

なんと、派手な柄物のシャツに、ショートパンツ……！

会談というよりも、完全にリゾートに来た者の格好である。

精霊王は人なつっこい笑顔で微笑んだ。

「初めまして、ワースワンプ国王。お近づきの印に、バーベキューでもいかがですか？」

精霊王からの提案で、会談は会食形式で行われることになった。

それも堅苦しいものではなく、ビーチを眺めながらのバーベキュー。

これはワースワンプ国王にとっては、嬉しい誤算であった。

これまで、傷に塩を塗り込んでくるような対応しかしてこなかった精霊王が、ワースワンプ国王のいちばんの好物であるバーベキューに誘ってくれたのだから。

そのため、国王はすっかり上機嫌であった。

「いやあ、まさか水の精霊王殿とバーベキューをともにできるとは！　今日は両国にとって、記念すべき日となりそうですなぁ！」

「そうですね。これも、ユニバス様……いや、ユニバスさんのおかげです。ユニバスさんが、隣国とはもっと仲良くせよとおっしゃったのですよ」

国王は目を剝いた。

ユニバスが水の精霊たちに受け入れられていることは知っていたが、まさか精霊王を動かすレベルだとは思わなかったからだ。


――す、すごいっ！　すごすぎるっ……‼

精霊王ですら、下僕同然に操るとは……！

ユニバス殿は、このワシをどこまで驚かせれば気が済むのだ……！

はっ⁉

そういえばユニバス殿の傍らには、いつも風の精霊姫であるティフォン殿がいた……！

ということはもしかしたら、ユニバス殿は風の精霊王とも懇意なのか……!?

ふ……ふたつの精霊国を、開国させることができれば……!

我が国は世界最強の国家となれるぞっ……!


国王の中にあった『ユニバス欲』は、ついにオーバーフロー。

もはや我が娘の婿ではなく、自分が結婚したいと思えるほどの欲求に達していた。


——うっ……うおぉぉぉぉぉぉぉ————っ!!

ほ……欲しいっ! 欲しい欲しい欲しい欲しい欲しいっ!

ああんっ! ユニバス殿っ! ユニバス殿ぉぉぉぉぉ〜〜〜〜〜〜〜っ!!


さて、影武者とはいえ精霊王が、なぜ今になってワースワンプの国王に対して手のひらを返したのだろうか。

それはもはや、言うまでもないだろう。

そう、精霊王の影武者は、ユニバスを逃がすためのオトリになってくれていたのだ。

コンコントワレはずっと、ワースワンプ海軍によって監視されていた。

このままユニバスが出発したら、海軍はこぞってユニバスを追跡するだろう。

しかし精霊王が訪れるというサプライズを仕掛ければ、ワースワンプの国王をはじめとする、すべての人間の注意がそらせる。

現に、ワースワンプ国王は精霊王に敵意がないことを示すため、戦艦をすべて帰還させていた。

その隙にユニバスとティフォン、そして水の精霊姫イズミを加えた一行は、トランスの馬車で出発。

トランスは水の精霊の力を取り戻しているので、海の上を走ることができるようになっていた。

といっても、そのままワースワンプに戻ると捕まってしまう。

ユニバスは沖を走り、ワースワンプの沿岸を迂回《うかい》するようにして隣国を目指す。

時を同じくしてワースワンプのビーチでは、今まさにバーベキューが始まろうとしていた。

バーベキューに使われたマシンは、水の精霊王が持参したもの。

その見覚えのある操作パネルを目にした途端、ワースワンプの国王は飛び退《の》いた。

「それはまさか、『勇者バーベキューマシン』⁉　精霊王殿！　そのマシンは欠陥品で、スイッチを入れると爆発しますぞ！」

「このマシンは大丈夫です。こちらを見てください」

精霊王が示す先には『ユニバス作』とあった。

それだけで国王は、「おおっ、ユニバス殿⁉」と声が弾む。

「『勇者バーベキューマシン』は本来、ユニバスさんがお作りになったものなのです。ユニバスさんが作った魔導装置の中には、その手柄を横取りするために、製作者の名前が改ざんされたものが多いようです。バーベキューマシンにそんなことをしたら、火の精霊たちが怒って、爆発してもおかしくはないというのに」

「な、なんと……！　そういうことだったのか……！　まさかゴーツアンのヤツが、そんなことをしていただなんて……！　はっ⁉　ということは、世界最高の魔導装置の技術者というのは……！」

「そうです。ユニバスさんです」

「ゆっ……ユニバスさぁぁぁぁ～～～～～～～～んっ！」

もはやユニバスという名だけで、国王は恍惚《こうこつ》とした表情を浮かべるようになってしまう。

バーベキューが始まってからは、それがさらに酷くなった。

「う……うまいっ！　こんなにうまいバーベキューは初めてだ！」

「そうでしょう、マシンが自動で火加減を調整して、絶妙な焼き上がりにしてくれますからね。こんなにおいしいバーベキューが食べられるのも、ユニバスさんのおかげです」

「ああっ、まったくもってその通り！　ユニバスさんに感謝せねばなぁ！」

「しかも、おいしく焼き上げるだけではないのですよ。焼き上がった具材には、温める程度の火しか当たらないようになっています。そのため、肉が炭化したりすることがないんです」

「なっ、なんという気配り……！　ユニバスさんはやっぱり天才だ！」

「このマシンに焼かれたいがために、肉や魚が自分から焼き網に飛び込んだという逸話もあります」

「今ならその肉や魚の気持ちすらも、わかるような気がするっ！　あぁぁんっ！　ユニバスしゃあんっ！　このワシのハートもすっかり食べ頃ですぞぉ――――――――っ!!」

「そして食べ終わったあとは、焼き網に水を掛けるだけで、このとおりピッカピカ」

「おっ……おおおっ！　う、美しい……！　まるで、神がもたらしてくださった石板のようです……！」

バーベキューが終わる頃には、国王はとうとう『勇者バーベキューマシン』に跪く。

彼の欲求は恋愛感情を通り越し、もはや崇拝にも近い感情をユニバスに抱いていた。

ワースワンプ王国において、世界最高のバーベキューが展開されていた頃……。

フーリッシュ王国では、世にも最悪なバーベキューが巻き起こっていた。

今は『勇者祭』の最中だけあって、勇者の好物であるバーベキューの催しが国内各地で行われていたのだが……。

その大会において、バーベキューマシンが炎上するという事故が相次いでいた。

ちなみにそのマシンは『勇者バーベキューマシン』の一世代前のものなのだが、それもユニバスが作ったもの。

しかし銘には『ゴーツアン作』とあるので、ゴーツアンが槍玉に挙げられてしまう。

副主任に降格したばかりのゴーツアンは、炎上したバーベキューマシンの整備のために、連日休む間もなくフーリッシュ各地を飛び回っていた。

各地の地元の有力者たちは、それまでは大臣であるゴーツアンに敬意を払ってくれていた。

しかし黒焦げのチリチリパーマになってしまった彼らは、黒鬼のようにゴーツアンを罵る。

「おいっ、なんだこのバーベキューマシンはっ⁉ おかげでこの有様だ！」

「なにが世界最高の魔導装置の技術者だ！ 危うく殺されるところだったんだぞ！」

「せっかくの『勇者祭』なのに、バーベキュー大会ができなかったら面目丸潰れじゃないか！ この責任、取ってもらうぞっ！」

ゴーツアンは行く先々で罵詈雑言を浴び、石を投げつけられる。

おかげでゴーツアンは、身も心もすっかり疲弊していた。

もはやこれ以上、落ちるところはないと言えるほどに落ちぶれていた。

そんな彼の唯一の支えだったのは、妻と子供。

妻は働きすぎのゴーツアンの身を心から心配してくれていたし、息子は働くゴーツアンのことを心から尊敬していた。

しかしゴーツアンは、家族にはまだ言っていない。

自分が、大臣から副主任に降格したことを。

フーリッシュ王国の魔導装置の開発部署、そこの副主任であるゴーツアン。

彼は度重なる失態により降格させられてしまったものの、その人事発令は『勇者祭』が終わってから行われるので、今も名目上は大臣である。

ゴーツアンはなんとかして勇者祭の最中に手柄をたて、大臣の座に復帰しようとしていた。

しかしそれらの目論見は、すべて主任であるアパーレに妨害されてしまう。

まず、ゴーツアンが隠していた『秘密の倉庫』を奪われてしまったこと。

その倉庫にはユニバスが発明した、画期的な魔導装置がまだまだ数多く眠っている。

ゴーツアンが勇者祭の最中にそれらの発明品を出すことができたなら、各国の王たちに気に入られ、大臣への復帰も夢ではなかったのだが……。

その虎の子を、アパーレの手によって奪われてしまったのだ。

さらにアパーレは勇者祭の最中、ゴーツアンに下っ端の仕事を振っていた。

それは、フーリッシュ国内に配備した魔導装置のメンテナンス業務。

これは不調になった魔導装置を出張修理するというもので、魔導装置の部署の中でももっともハードな仕事とされている。

そのうえ運が悪いことに、ゴーツアンが製作したとされるバーベキューマシンが、勇者祭の最中に火を噴くという不祥事が連発。

そのためゴーツアンは早朝から深夜まで、休む間もなく国内を飛び回るハメになってしまったのだ。

今のゴーツアンには、起死回生の一手を考えるヒマすらも与えられなかった。

それでも彼は大臣に復帰する気マンマンだったので、副主任に降格になったことを家族には伝えていない。

勇者祭が終わって人事発令がなされたら嫌でも家族の耳に入ってしまうのだが、最後まで悪あがきをしていた。

そして今日も、彼の憂鬱な一日が始まる。

朝食を終えて屋敷を出るときは、かならず家族が見送ってくれるのだが、妻はゴーツアンのことを心配していた。

「あなた、今日もこんなに早くからお仕事ざますの?」

妻の問いに「あ……ああ」と力なく頷き返すゴーツアン。

「大臣ともなると、勇者祭のときがいちばん忙しいんだ。国王や勇者と同じで、国を担う者として、各国の王をもてなす必要があるからな。でも今日はたぶん、早く帰ってこられるかもしれん」

「そうざますの。じゃあうちでも勇者祭のパーティをするざます。庭でごちそうを準備して待ってるざます」

「そういえば、今年はパーティをしてなかったな。お前の作るごちそうは最高だから、楽しみにしてるよ」

「あなた、がんばるざます。あなたが大臣になって、このお屋敷に引っ越してからというもの、まわりの奥様たちの見る目がぜんぜん違うざます。あたくしも鼻高々で、ますますあなたのことが大好きになったざます」

ゴーツアンはやつれた顔に、無理やり笑顔を作る。

——そうだ……。

こんな立派な屋敷で、なに不自由なく暮らせているのも、俺が大臣だから……。

妻の笑顔を守るためにも、俺はなんとしても大臣に戻らなくてはならないんだ……！

妻の隣にいた小学生の息子が、「ボクも大好きだよ、パパ！」と飛び跳ねる。

「パパが大臣になったって知ったら、クラスのみんながやたらとへーこらしてくるんだ！　ボク、そんなパパが大好き！　ボクも大きくなったら、パパみたいな立派な技術者になりたい！」

ゴーツアンは我が子の頭を撫でて、疲れ切った気持ちに鞭《むち》を打った。

——この子はオツムの出来が良くないから、名門中学に入れるためには裏口を使うしかないだろう。そのためにはなんとしてもポストが必要だ。

大臣であれば裏金も免除されるうえに、成績優秀な貧乏人のガキを一匹押し出して、特待生で入学させてもらえる。

しかし主任程度の役職となると、巨額の裏金を要求されるようになる。

それでも金さえ払えばなんとかなるから、まだいいほうだ。

副主任まで落ちてしまうと、いくら金を積んでも門前払いをくらってしまうかもしれないんだ……！

だから俺は、なんとしても大臣に戻らなくてはならない……！

愛する息子の将来のためにも……！


ちなみにではあるがゴーツアンの父親も、フーリッシュ王国の上層部のひとりであった。

ゴーツアンも裏口入学したバカ息子なのだが、彼は自分が優秀だと思い込んでいるので、その事実を知らない。

なんにしても、ゴーツアンは愛する家族を守るために、今日も仕事へと出掛ける。

家族が想像している、優雅でゴージャスな接待とはほど遠い、謝罪行脚の旅へ。

今日はフーリッシュ王都の近くにある街や村を巡り、バーベキューマシンのメンテナンスを行う予定となっている。

のっけから黒焦げになった権力者たちが迎えてくれたのだが、その怒りはいつもより激しかった。

とある街の広場では、勇者祭を記念した大バーベキュー大会が行われていたのだが……。

「ゴーツアン様！　いや、ゴーツアン！　いったいこれはどういうことなんだ⁉」

「バーベキューマシンのスイッチを入れたら、いきなり爆発したのよ！」

「髪も服もめちゃくちゃだ！　どうしてくれるんだっ！」

「そんなことより、これを見ろっ！」


……バッ！


と燃え残ったドレスの胸をはだけさせられていたのは、街の有力者たちの娘。

彼女たちの鎖骨の下には、木炭で書かれたような文章が浮かび上がっている。

その文章は横一列に並べると、ひとつのメッセージになった。

『ゴーツアン』『剽窃《ひょうせつ》を認めよ』『罪を告白せぬかぎり』『我らの裁きは続く』

そのメッセージを目にした途端、ゴーツアンの額に冷や汗が流れた。

すぐに、ハッキリと思い当たることが頭に浮かんだからだ。

『剽窃』といえばひとつしかない。

そう、ユニバスの魔導装置を現在進行形でパクっていることである。

そのことについては、過去に指摘がなかったわけでもない。

たまに同僚などから冗談めかして言われることがあったのだが、彼はいつもさらりとかわしていた。

しかし今回は相手が人間ではなく、明らかに精霊。

思いも寄らぬ方角からのツッコミに、ゴーツアンは狼狽《ろうばい》を隠しきれなかった。

街の人たちはすかさず追い討ちをかける。

「おい、ゴーツアン！　なんだその反応は⁉　なにか後ろめたいことでもあるのか⁉」

「大人しい精霊が、ここまで人間に牙を剝くだなんて、よっぽどのことだぞ⁉」

「お前のせいで、俺たちはこんなになっちまったんだ！」

連日のバーベキューマシンの爆発事件は、爆発こそ派手ではあったものの、死者はまだひとりも出ていない。

火傷跡も残らない軽傷者のみですんでいた。

街の有力者たちの娘に付けられたメッセージも、洗うことによりすぐに落とせるレベルのものだったのだが……。

これは炎の精霊たちがその気になれば、一生跡の残る火傷にすることもできるぞ、という無言の警告でもあった。

そのことに気づいていた街の人たちは、ゴーツアンを吊《つる》し上げにする。

「お前のせいで、この街の娘たちは一生ものの傷を負っていたのかもしれんのだぞ！」

「いったいなにをやったの⁉　さっさと白状しなさいっ！」

「さっさと罪の告白とやらをやって、炎の精霊たちの怒りを鎮めるんだ！」

「でないと恐ろしくて、一生バーベキューなんてできないわ！」

街の人たちに囲まれてしまうゴーツアン。

もはや、沈黙を貫くにも限界がある。

なにか言わないと帰してもらえない雰囲気になっていた。

ついに観念した様子で、重苦しく口を開くゴーツアン。

その口から飛び出したのは、なんと……！

「す、すみません……！　私の部下であるユニバスが、無能だったばかりに……！」

どの口から飛び出したのかと思えるほどの、なすりつけ……！

突如として、まな板の上にあげられた謎の人物に、街の人たちは騒然となる。

「なんだと、それはどういうことだ⁉」

「ユニバス⁉　それってもしかして、ティフォン様をさらって逃走中の……⁉」

「はい……！　ユニバスは魔導装置の開発部署にいた、私の部下でした……！　それがとんでもないほどの無能でして、人間ばかりか、精霊にまで嫌われてしまうほどの男だったのです……！」

「精霊に嫌われる⁉　俺たちにとっては動物と同じ精霊に嫌われるだなんて、よっぽどダメなヤツだったんだなぁ！」

「ティフォン様をさらったというのも、なんとなくわかったような気がするわ！」

「でもそのユニバスと、バーベキューマシンが爆発するのとなんの関係があるんだよ⁉」

「そ、それは……！　私がユニバスをクビにせずに庇《かば》っていたのを、炎の精霊たちは快く思っていなかったのです……！　どんな無能でも、いいところがひとつくらいはあるだろうと思い、情けをかけてやったのですが……。そのせいでティフォン様をさらわれ、炎の精霊たちは怒り狂ってしまったのです……！　私は、魔導装置の開発にかけては世界一の自信がありますが、人を見る目はなかったようです……！　大臣である私が、直々にバーベキューマシンを直して歩いているのは、その罪滅ぼしのためで……！　うっ、ううっ……！　うわぁぁぁぁ――――っ‼」

　顔を覆い、泣き崩れるゴーツアン。

　それまで彼を責めていた街の人たちは一転、同情してくれるようになった。

ゴーツアンは泣き真似を続けながら、心の中で舌を出す。

――動揺を見抜かれたときはヤバいと思ったが、なんとかごまかせた……！

本当のことなど、絶対に言ってたまるか……！

言ったら最後、俺は副主任降格どころか、城にすらいられなくなる……！

でもユニバスのせいにして乗り切ったのは、我ながらファインプレー……！

ユニバスは今や、この国では大罪人として知れ渡ってるからな……！

だからこの不祥事も、ぜんぶヤツのせいにしてしまえばいい……！

いくら精霊が暴れたところで、かまうものか……！

精霊どもの警告を無視して、死者が出たところで知ったこっちゃない……！

むしろ被害が大きくなってくれたほうが、ユニバスへの憎悪が、さらに強くなるってもんだ……！

久々に、ごっつぁん……！

声を大にして言えないのが、残念だねぇ……！　ククククク……！


それからもゴーツアンは行く先々で責められたが、見事な泣き芝居で乗り越える。

騙された有力者の中には、こんなことを言い出す者までいた。

「ゴーツアン様！　こう言っては失礼だが、あなたは魔導装置のように冷徹な人間だと思っていたよ！　でも本当は、無能な部下を最後までフォローしようとする、人情派の上司だったんだな！

ぜひうちの会社の名誉顧問になってくれないか!?」

「ああ、その精神こそ、今の世の中に必要なものだ！　ぜひうちの学校の特別教師となってほしい！」

ピンチをチャンスに変えるどころか、大臣のときのようにチヤホヤされるゴーツアン。

ここのところずっと罵倒されっぱなしだったので、すっかり上機嫌になっていた。


――はぁ、今日は最高の一日だなぁ！

ユニバスのせいにするだけで、こんなにも世界が変わるだなんて！


そう、彼も勇者パーティと同じく、ついに気づいてしまう。

『悪いのは全部ユニバス』という、『麻薬』に。

一度ハマってしまったら最後、なくては生きていけなくなるほどの禁断の存在に。

それは中毒性こそ強いものの、日々の生活にありあまるほどの潤いを与えてくれる。

しかしその効果は、ユニバスが追放されるまでのことであった。

ユニバスがいなくなった今となっては、まさに『ガソリン』。

炎の精霊たちを、これ以上ないほどに、いきり立たせるほどの……！


――さぁて、今日はユニバスのせいにしたおかげで、クレーム処理も早く終わった。

久々に早く帰ってのんびりできそうだ。

今日の夕食は、勇者祭のごちそうだって言ってたから……。

ゴーツアンは家路へと急ぎながら、そんなことを考えていた。

そして「……はあああっ⁉」と叫んでいた。

「し……しまった！　な……なんで俺は気づかなかったんだ！　勇者祭のごちそうといえば、アレしかないのにっ……！」

ゴーツアンはカバンを放り捨て、血相を変えて走り出す。

祈るような気持ちで大通りを走り、高級住宅街へと続く角を曲がる。

彼の目に最初に飛び込んできたのは、紅蓮《ぐれん》。

そして肌がヒリヒリと焦げるような、灼熱《しゃくねつ》。

そこにあったのは、天を衝くほどに高く高く燃え上がる、我が家であった……！

ゴーツアンは見くびっていた。

炎の精霊たちの『本気』というものを。

いや、むしろもっと本気になれ、とすら思うようになっていた。

他の人間たちが被害に遭ってくれたほうが、さらなる憎悪をユニバスにパスできると思っていたから。

そして、油断していた。

たとえ炎の精霊が暴走したとしても、自分だけは、その被害に遭うことはないと。

致死率の高いウイルスが蔓延《まんえん》しているのに、自分だけは罹患《りかん》することがないと思い込み、街に繰り出す愚か者のように。

連日のニュースを対岸の火事のように眺め、もっともっと燃え上がれと囃《はや》し立てるかのように。

魔導装置のプロである自分だけは、炎の精霊の被害に遭うことはないと思っていたのだ。

そう、彼は腐りきってはいるがプロなので、もし彼がそばにいたならば、今回の被害も未然に防げていたかもしれない。

しかし、ゴーツアンは忘れていた。

『勇者祭』のごちそうといえば、『バーベキュー』であることを。

そんな彼に与えられたのは、文字どおり最大級の『炎上』。

しかもよりにもよって自身にではなく、もっとも愛する者たちに、降り注いでしまったのだ……！

「うっ……うわぁぁぁぁぁぁ――――っ!!」

ゴーツアンは燃え盛る我が家を目にした途端、我を忘れて叫んでいた。

そして遮眼帯を付けられた競走馬のように、まわりが見えないまま走り出していた。

屋敷の前の大通りを横断しようとしたが、横なぎに突っ込んできた馬車に跳ね飛ばされる。

高く宙を舞い、きりもみして裏路地のゴミ捨て場に叩きつけられた。

「気をつけろ！」と馬車は走り去っていく。

ゴーツアンは生ゴミにまみれながら立ち上がる。

身体がバラバラになったような激しい痛みを感じたが、今はそれどころではない。

「うっ……うわぁぁぁぁぁ――――っ!!」

と再び走りだそうとしたが、尻尾をふんずけられて怒った野良犬が、足首にガブリと噛みついてきて、前のめりに転倒。

なんとか暴れて犬を追い払い、壁にすがるように立ち上がる。

もう足はボロボロで、走ることなどできない。

それでも屍肉《しにく》を求めるゾンビのように、フラフラと我が家を目指す。

正門に回り込む余裕などなかったので、門塀を這い上る。

塀の上から飛び出していた忍び返しが突き刺さり、服が引っかかる。

服を引っ張るとビリビリに破け、そのまま庭に落下。

下は池で、藻が足首にからみついてきて、何度も水底に引きずり込まれそうになる。

それでもなんとか池から這い上がると、今度は裏庭の薔薇園《ばらえん》が。

よけていく余裕などもはやなく、薔薇の生け垣を突っ切って進む。

トゲが肌に突き刺さり、身体じゅうが引っかき傷だらけになる。

服はもう上下ともにボロボロで、火事の直接被害に遭ったわけでもないのに、痛ましい姿になっていた。

身体はフラフラ、意識は朦朧《もうろう》としていたが、最後の力を振り絞って走る。

「うっ……うわぁぁぁぁぁぁ――――――――――っ!!」

なおも燃え続ける屋敷を迂回し、中庭に出た彼は目撃した。

焼け出され、途方に暮れる家族たちの姿を……!

それは、今までゴーツアンがさんざん見てきた、爆発コントのなれの果て。

彼にとってはもはやおなじみの姿であったが、愛する家族の変わり果てた姿に、本気の涙を迸らせた。

「よっ……よかったぁぁぁぁ――――――――――――――――――――!! お……お前たち、無事だったんだな!!」

ゴーツアンは大感激で妻と息子を抱き寄せようとしたが、なぜかふたり揃って押し返されてしまう。

「ゲホッ」と口から煙を吐きながら、妻と子供は言った。

「……あなたのバーベキューマシンを使ったら、このザマざます」

「……パパの魔導装置は完璧なんじゃなかったの？ まさか、ボクたちをこんな目に遭わせるだなんて……」

ふたりは人間バーベキューになったことを、かなり怒っているようだった。

ゴーツアンのことを、ダメオヤジを見るようなジト目で見つめている。

そしてゴーツアンはここでも、禁断のカードを切ろうとした。

「聞いてくれ、ふたりとも。これは俺の魔導装置のせいじゃなくて、炎の精霊たちが怒ったせいなんだ。俺にはユニバスっていう無能な部下がいて……」

そこに「あれあれ～？」と脳天気な声が割り込んでくる。

見ると、魔導装置の部署の部下たちがやってきていた。

彼らはキャンプファイヤーを楽しむ若者のような、ニヤニヤ笑顔。

「ちぃーっす、ゴーツアン様。うわぁ、ご家族揃ってすごい格好っすねぇ！ いったいなにをやったんですか!?」

「ぎゃははは！ 見りゃわかるだろ、派手にバーベキューをやったんだろ！ そうですよねー？ ゴーツアン様っ！」

「へぇぇ、さすがはバーベキューマシンで大臣になったお方だけありますね！　まさか屋敷一軒を燃やしてバーベキューをやるだなんて！」

「でもいいんですかぁ？　もう大臣じゃない……」

「キエエエエエエエエエエエ────────────ッ！！！！」

部下から『大臣』というワードが飛び出した瞬間、ゴーツアンは奇声とともに部下に飛びかかっていく。

大臣から降格になったことを、家族に知られるわけにはいかなかったのだ。

しかし満身創痍《そうい》の身体では部下の暴露を阻止できるはずもなく、スパァンとビンタ一発で吹っ飛ばされていた。

自分の夫が殴られたというのに、妻は一瞥《いちべつ》すらくれない。

「……大臣じゃないって、どういうことなんざますの？」

「あれぇ？　奥さん知らなかったんですかぁ？　ゴーツアン様は……」

ゴーツアンは下肢を失ったゾンビのように這いずって、部下の足元に泣きすがる。

「やっ……やめてぇぇぇぇ……！　な、なんでもするっ！　なんでもするからっ！　それだけは、それだけはぁぁぁ……！　ムギュッ⁉」

しかしストンピング攻撃をくらって黙らされていた。

自分の夫が足蹴にされているというのに、妻の興味は部下に向いたまま。

「……もしかして『この人』は、大臣から降格に……⁉」

それどころか妻は、ゴーツアンを『この人』呼ばわりする始末。

そして、トドメをあっさり刺されてしまう。

「そっすよ奥さん、この人は副主任に降格になったっす。でも大臣の屋敷を燃やしちゃったから、もう副主任でもいられなくなるかもしれないっすねぇ～」

次の瞬間、妻と子供の顔から表情が消えた。

妻は子供の手を引いて、そそくさと火事現場をあとにしようとする。

ゴーツアンは倒れたまま手を伸ばし、最後の力を振り絞って叫んだ。

「ま……待ってくれ！　これは誤解なんだ！　すべては、ユニバスのせいで……！」

しかし妻と子供は振り返りもしなかった。

「実家に帰るざます。ヒラの夫なんて、恥さらしもいいとこざます」

「うん！　ボクもこんなところにいたくない！　ヒラのパパなんて、学校でいじめられちゃうよ！」

ゴーツアンの屋敷は全焼してしまった。

その原因はふたつ。

『勇者祭』のせいで道が混んでいて、消防隊の到着が遅れてしまったこと。

到着した消防隊員も、『勇者祭』のパーティをしていたせいで酔っ払っていて、火災現場とはあらぬ方向に放水しまくる。

ゴーツアンの部下たちは消火に協力もせず、本当にキャンプファイヤーのように燃え落ちる屋敷を眺めたあと、「楽しかったー」と帰っていった。

奇跡的に燃え残ったのは、ユニバスが発明した『耐火箱』に入っていた、家族のアルバム。

ゴーツアンは黒い瓦礫と化した屋敷の真ん中で、ひとり地べたに座って、そのアルバムを眺めていた。

どのページも、幸せそうなゴーツアン一家の真写で埋め尽くされている。

その素敵な思い出すらも、たったひとつのミスで灰のようになってしまった。

彼は思い込んでいた。自分が犯したミスはたったひとつだと。

そしてそれすらも、自分のせいではないと。

「うっ……！　ぐうっ……！　な、なんで……！　なんで俺がこんな目に……！」

視界が歪み、涙の雫がアルバムにポタポタと落ちる。

彼の瞳は潤みきっていたが、その奥にはメラメラと復讐の炎が燃えたぎっていた。

「これも……！　これもなにもかも、ユニバスのせいだ……！　ユニバスさえいなければ、俺はこんな目に遭わずに済んだんだ……！」

この期に及んでもなお、なすりつけをやめない。

「俺の前から追い払ってもなお、俺の足を引っ張るとは……！　許さん……！　絶対に許さんぞ、ユニバス……！」

そして完全なる逆ギレまで披露。

「こうなったら、『秘密の倉庫』になんとしても忍び込んで、ユニバスの発明品を持ち出してやる……！　あれがあれば、俺はまた、大臣の座に返り咲けるに違いないんだ……！」

ユニバスのせいにしておいて、ユニバスに復讐を誓うのはまだいい。

しかしここまで来てもユニバスの力に頼ろうとするのは、もはや性格破綻者の領域である。

目の前でチリチリと残り火を立ち上らせる瓦礫に、ゴーツアンは今の自分を重ねていた。

「今の俺は『残り火』だ……！　くすぶってはいるが、決して消えてはいない……！　火種さえあれば、また燃えあがることができるんだ……！　そうだ……！　俺はまだ、やれるっ……！　やれるんだ……！　俺は、過去を捨てるっ……！　妻《アバズレ》と子供《クソガキ》を捨て、イチからやり直すんだ……！」

ゴーツアンは新たなる決意とともに立ち上がる。

残り火に向かって、手にしていたアルバムを投げ込んだ。

瓦礫が砕け、むせかえるような火の粉がたちのぼる。

新たなる燃料を与えられた残り火は、再びメラメラと燃え盛りはじめた。

ゴーツアンは不敵に笑う。

「はははは！　そうだ、もっと燃えるがいい、我が友よ！　俺は決めたぞ、ユニバスのすべてを燃やし尽くすことを！　この俺が感じた屈辱と喪失を、何倍にもしてヤツに返してやるのだ！」

ゴーツアンはすっかり炎に感情移入していた。

すでに仲間のように思っていたのだが、炎のほうはまったくそんなことはない。

炎は空中に高く噴き上がり、夜空を焦がすような文字を浮かび上がらせていた。

『ツギハ　オマエダ』

それはまるで、地獄からのメッセージ。

ゴーツアンの紅潮ぎみの笑顔は、一瞬にして恐怖に凍りついた。

「ひっ……ひぃいいいいいいいいい――――――っ⁉︎⁉︎」

その日の夜、彼の身になにが起こったのか……。

それを知っているのは、少なくとも人間の中にはいなかった。


次の日、ゴーツアンはマスコミを集めて緊急記者会見を開く。

真っ白になった髪、樹皮のように渇死した肌、老樹のようにやつれた顔で、彼は告白する。

「……お、俺……いや、私は……。かつての部下であった、ユニバスくんの発明品を、横取りしていました……。今この国で広く使われている魔導装置のほとんどは、この私が作ったことになっていますが……。実はそれらを作ったのは、ぜんぶユニバスくんなんです……」

彼は会見の最中、何度も顔を覆い、何度もしゃくりあげた。

しかしもう、涙は一滴も出てこなかった。

「世界最高の魔導装置の技術者の称号は、本当は私ではなく、ユニバスくんに与えられるべきものだったのです……。みなさん、どうかお手元にある魔導装置、特にバーベキューマシンをお持ちの方は……。操作パネルのところにある『ゴーツアン作』という文字を消し、『ユニバス作』に書き換えてください……。そうすれば、今この国じゅうを騒がしている、バーベキューマシンの爆発事故はおさまると思います……」

会場に集まった記者たちは騒然となる。

「ええっ!? ゴーツアン大臣!? ユニバスというのは、精霊姫のティフォン様をさらった大悪人ですよね!?」

「ティフォン様がさらわれたあとの会見のとき、ゴーツアン大臣は、『無能のユニバス』とおっしゃっていたではないですか⁉」

「そうですよ！　ゴーツアン大臣は会見中に八〇回も『無能』っておっしゃってましたから、よほど無能なんだって話題になったほどですよ⁉」

するとゴーツアンは、雷を怖がる子供のように身を縮こませた。

「も、もう、言わないで……」

「えっ？」

「無能って、言わないで……！　ゆ、ユニバスくんは無能なんかじゃないんです……！　お願いだから、お願いだから……！　それ以上、無能だって言わないでくださぃぃぃっ……！　うっ……うわあああっ⁉　うわぁぁぁぁぁぁぁぁ――――――っ⁉⁉」

地獄の炎に焼かれる亡者のように、激しく身悶えするゴーツアン。

彼のその変わり果てた姿は、その日の夕刊に一面トップで取り上げられた。

ゴーツアンは『勇者祭』が終わるのを待たず、大臣を自ら辞任。

それどころか城勤めも辞め、行方知れずになってしまったという。

無能と呼ばれた『精霊たらし』
～実は異能で、精霊界では伝説的ヒーローでした～／完

あとがき

この『精霊たらし』は、私にとって2冊目の本となります。

『精霊たらし』というのは、豊臣秀吉が「人たらし」と表現されていたのをヒントに考えたものです。

「人たらし」……いいですよね。

もしなれるとしたら、みなさんは「何たらし」になりたいですか？

「女たらし」？

「猫たらし」？

「隣の席のロシア人たらし」？

私がなりたいのはもちろん、「読者たらし」です！

その目標は高尾山のように高くそびえていますが、いつかなってみたいと思っています。

私はようやく登りはじめたばかりです、この果てしなく遠い「たらし坂」を……。

次の3冊目の本が出る頃には、トリックアート美術館くらいには到達しているかもしれません。

そしてこの坂をいっしょに登ってくれた方々に、この場を借りてお礼を言わせてください。

かっこいいユニバス、そしてかわいい精霊姫たちをデザインしてくださった、あんべよしろうさん。

コミカライズによって、世界にさらなる深みを与えてくださった、タバタグランドキャニオンさん。

それらをまとめ、未熟な私にいろいろとお教えくださった、編集の小田さん。

ありがとうございました！


そして最後に、この本を手に取ってくださったあなたに、深い感謝を表明します。

あなたがこの本と出会ったことで、それがほんのひと時だったとしても、ユニバスと出会ったティフォンやイズミのような幸せを感じていただけたなら、こんなに嬉しいことはありません！

佐藤謙羊

MAG Garden NOVELS

無能と呼ばれた『精霊たらし』
～実は異能で、精霊界では伝説的ヒーローでした～

発行日　2021年9月25日 初版発行

著者 佐藤謙羊　イラスト あんべよしろう

発行人　保坂嘉弘
発行所　株式会社マッグガーデン
〒102-8019 東京都千代田区五番町6-2
ホーマットホライゾンビル5F
編集 TEL：03-3515-3872　FAX：03-3262-5557
営業 TEL：03-3515-3871　FAX：03-3262-3436
印刷所　株式会社廣済堂
装　幀　木村慎二郎（BRiDGE）＋矢部政人

ISBN978-4-8000-1127-5 C0093　Printed in Japan